宋·費衮撰

梁溪漫志

中國書店

詳校官山東道御史臣温常綬

臣紀昀覆勘

欽定四庫全書　　子部十

梁谿漫志　　雜家類雜說之屬

提要

臣等謹案梁谿漫志十卷宋費衮撰衮字補之無錫人卷端有開禧二年國史實録院牒稱為國子免解費進士禮部韻畧條例中有開禧元年國子監發解進士費衮論韻畧經綂二字劄子一篇經禮部看詳當即其人其

始末則不可詳矣其書宋志作一卷今本實作十卷與牒文卷數相符末有嘉泰元年施濟跋亦作十卷則宋志由傳寫誤也牒文稱編修高宗孝宗光宗三朝正史取是書以備參考然是書惟首二卷及第三卷首入閣一條言朝廷典故自元祐黨人一條以下則多說雜事而卷末王鞏一條及第四卷則全述蘇軾事五卷以下多考證史傳品定詩文末

卷乃頗涉神怪蓋雜家者流不盡爲史事作也惟其持論具有根柢舊典遺文往往而在如不試而授知制誥始梁周翰不始楊億則糾歐陽修歸田録之訛薛映梁鼎與楊億同命不與梁周翰同命則糾葉夢得避暑録話之失蘇軾烏臺詩案在元豐二年上距熙寧變法僅十年無二三十年之久則糾王鞏甲申雜記之謬朱勝非起復制乃綦崇禮貼麻

非陳與義自貼謝顯道崇寧元年入黨籍崇寧四年未入黨碑則謝汲四六談麈之失歐陽修嘗為程文簡作碑志而隱其進武氏七廟圖事實未受帛五千端則糾邵博聞見後録之誣皆考據鑿鑿不同他小說之剽襲當時以一不第舉子之作至録之以入史館其亦有由矣他如蘇舜欽與歐陽修辨謗書為本集所不收陳東茶録跋為今本所未載蘇

軾乞校正陸贄奏議上進劄子獲鬼章告裕陵文具録其塗注增删之藁尤論蘇文者所未及皆足以廣異聞至於和凝范質衣鉢相傳本第十三名而訛為第五漢太上皇名端本見後漢書注而誤以為後漢書小小疵累亦時有之然其可採者最多不以一二小節掩也乾隆四十九年三月恭校上

總纂官臣紀昀臣陸錫熊臣孫士毅

總校官臣陸費墀

梁溪漫志卷一

宋 費袞 撰

本朝因殿閣建官

本朝因殿建官今見于除拜者曰觀文曰資政曰端明觀文本舊延恩殿也慶歴七年以文明殿名犯真廟諡改為紫宸明年丁文簡罷政為紫宸殿學士御史何郯言紫宸不可為官稱于是改延恩為觀文殿置學士然

明道初重建八殿皆易其名已改崇德為紫宸天和為觀文矣資政則自景德中王冀公罷政真宗特置資政殿學士以寵之至于端明則始于後唐明宗國初改殿為文明而學士仍領端明之職太平興國中併改學士為文明殿學士雍熙初又改文明殿為文德明道間改承明殿曰端明復置學士與文明之職並建後又改端明曰延和然迄無拜文明學士者蓋禁中已無此殿矣其實與端明本只一殿也此外又有集英殿止置修撰

右文殿（政和五年改集賢為右文）始為集賢院則有學士洎建則易官為修撰矣政和四年改端明殿學士為延康殿學士樞密直學士為述古殿直學士五年置宣和殿學士宣和元年改宣和殿為保和建官亦同至建炎戊申復以延康為端明殿學士述古為樞密直學士保和之除則止于宣和之末自龍圖至煥章七閣皆藏祖宗謨訓與祕閣並建官均號貼職然祕閣有修撰而無待制學士惟天章閣初止除待制後亦遽止至今不除學士等官

蓋難于稱呼與紫宸之意同也又有翰林侍讀學士侍讀學士自元豐廢而元祐復元符又廢至紹興七年范元長冲始除翰林侍讀學士班在翰林學士之下而恩數如之乾道末職制令刪去密學則八年一除胡承公世將至今亦闕不除

考宰輔沿革

國初宰相凡三員皆帶職首相為昭文館大學士次監修國史次集賢大學士皆平章事其後除拜不常至嘉

祐時始只兩相元豐改官制宰相始不帶職而左僕射兼門下侍郎右僕射兼中書侍郎其後或兼或否又置左右丞以行參知政事之職政和初改左右僕射為太少宰靖康復改太少宰為左右僕射建炎初以左右僕射並同中書門下平章事改門下侍郎中書侍郎為參知政事而廢左右丞至乾道末始改僕射為左右丞相蓋用漢制云

由廷魁入相

自建隆至紹興末廷魁凡八十四人而入相者止六人呂文穆蒙正王文正曾李文定迪宋元憲庠何丞相㮚梁文靖克家而王李梁三相皆再入文穆凡三入云

記宰相出處

本朝宰相出處之盛前輩備記之矣自中興至于淳熙戊申宰相二十八人再入者九人朱呂秦趙張湯陳史梁宋次道記趙中令以来未五十而相者六人而自建炎以来尤衆范丞相覺民登庸時纔三十二張忠獻三十九秦忠

獻四十二李丞相伯紀四十五其他未五十而相者比比可數也

命監修提舉國史

祖宗時凡三相首相昭文次監修國史次集賢昭文雖首相始得之然但虛名獨監修國史有職事為重也若止除兩相則首相監修趙中令獨相以集賢監修久乃遷昭文薛文惠沈恭惠並相薛領監修而沈領集賢其後畢文簡寇忠愍亦然乾興元年令馮魏公專切提舉

監修真宗實録于是又增提舉之名至天聖中詔王沂
公監修先朝正史又别敕命之提舉于是監修提舉始
分而為二職矣紹興初吕忠穆公再為首相差提舉修
國史乞改命輔臣盖是時但修日歷例指為國史而提
舉日歷前此亦或命他官故忠穆引辭詔不允初監修
之職自元豐王岐公以来久不以入銜至是始有提舉
之命其後朱忠靖獨相監修趙忠簡張忠獻並相時范
元長修史忠簡以親嫌乞改命忠獻監修忠獻引故事

當命首相忠簡既罷忠獻始帶監修而秦忠獻獨相以監修兼提舉自是而後凡兩相則首相監修次相提舉或首相闕而次相已提舉則命參知政事權監修迨次相轉廳則改充監修而命右相提舉或不拜右相則命參知政事權提舉相位皆虚則監修提舉悉以參政攝事云

兩宰相父子襲爵

吕文靖初封申公其子正獻亦封申韓忠獻初封儀公

其子文定亦封儀本朝父子為相獨此兩家且襲其爵亦盛事也

考封國當避

嘉祐中胡文恭公建言太宗封晉王至真宗封壽王乃陞壽為大國在晉國之下景德三年詔壽宋梁趙四國自今不得更封而晉反不在禁封之科魏仁浦追封晉王寇準嘗曰晉是藩邸舊封今以為贈典非所宜天禧四年乃封丁謂為晉公盖有司之過也陛下建國于昇

宜進為大國而與晉皆毋得封從之然予嘗考之真宗始封韓王而曹襄悼富文忠皆封韓公仁宗始封慶國公而王黼白時中皆封慶公紹興辛酉秦師垣轉廳亦封慶公有司皆失于檢照也隆興元年十二月湯丞相轉廳自榮國亦進封慶乃始辭避詔改封岐云

三省勘當避諱

舊制三省文字下部勘當本謂之勘會嘉祐末曾魯公當國省吏避其父名改為勘當至今沿襲省中出敕舊

用準字輒去其下十字或云蔡京拜相時省吏亦避其父名然王禹玉父亦名準而寇萊亦嘗作相不知書敕避諱自何時始也近年稍稍復舊

樞密院置使

祖宗時樞密置使則有副使置知院則有同知院樞使知院二者未嘗並除熙寧元年七月陳秀公自大名入西府時文潞公呂惠穆為使韓康公邵安簡為副使神宗以秀公三至樞府欲稍重其禮乃以為知院事元樞

並除自此始元豐四年以樞密聯職輔弼非出使之官止置知院同知院餘悉罷紹興丁巳正月詔宥密本兵之地用武之除事權宜重可依祖宗故事置樞密使副使其知樞密院事同知院簽書並仍舊于是秦忠獻以宰相入為樞密使自後除使者多自知院而遷至于副使則八年除王敏節庶十一年除岳武穆飛自是久不除授矣

考都督宣撫等使名

故事二府總師為宣撫使其次曰招討宣撫有副使有判官其次又有制置經制等使中興以來建使為多大者以宰相為御營使為都督或為宣撫兼處置使次相或執政為御營副使大將皆為方面宣撫使亦或為御營副使或招討使次為招撫使執政或從官為大帥者帶制置大使安撫大使有營田處帶營田大使從官亦或為招撫使都統制等官則或為都巡檢使或充某處捉殺盜賊制置使或止充捉殺使或裂數州或止一州

為鎮撫使其名不一惟都督非宰相不除獨趙忠簡公知樞密院為之蓋初除川陝宣撫執政謂與蜀中諸帥使名無異乃亟改為都督紹興辛巳壬午命執政出使亦止為督視隆興癸未張忠獻亦以樞密使為都督然前為相時嘗督師矣明年湯丞相為都督楊武恭副之未幾就除都督前此未有蓋其官為太傅錫爵為王故特命之

以二府總師

中興外攘之際以宰相執政總師建炎己酉二月首以吕忠穆公為同簽樞充江浙制置使是年五月張忠獻公以樞密同知為川陜京西湖北路宣撫處置使明年以京西湖北相去遼遠又已分鎮始全付以川陜之任紹興壬子四月忠穆以宰相都督江淮等路諸軍開府于鎮江未幾還闕以朱忠靖為同都督辭不拜乃以孟庾權同都督四年八月趙忠簡公以知樞密院為川陜宣撫處置使尋改都督川陜荊襄諸軍事將行而張忠

獻公再入西府乃命忠獻行邊五年二月忠簡忠獻並相皆帶都督置司行在所忠獻復出蕩平湖寇六年正月又詔忠獻視師七月再視師以都督行府為名忠簡特居中總政事中外相應竟不復行也

同知與簽書虛位

元豐官制樞密院之副有同知有簽書除授雖不皆同時然未嘗頻年虛位紹聖元年五月劉仲馮自簽書出知真定自是不除簽書政和元年九月王襄自同知出

知亳州自是又不除同知宣和六年蔡懋始以同知副蔡攸凡同知虚位者十三年簽書虚位者三十年政和閒童貫乃以官寺為簽書然纔三月遽躐為領院矣

功臣號勲官

唐文武臣有賜功臣號有勲官本朝因之自神宗不受尊號呉丞相冲卿因乞罷功臣號馮當世在西府亦言之遂詔管軍至諸軍班衙内帶功臣者並罷而勲官至政和中亦罷紹興六年執政議復舊制賜功臣號以示

勸獎于是諸大將以次賜號惟勳官則自紹興癸丑始
命禮部尚書洪擬翰林學士綦崈禮討論舊典甲寅歲
大理寺丞韓仲通繼以為言丙辰歲廟堂又請武臣有
邊功者帶勛以旌之下吏部立法至庚申歲議者又以
為言復下之有司八年間凡四議之然卒無賜勲者迄
今惟外國加恩則賜勛如故蓋國初檢校官憲銜與賜
勛之類皆襲唐官職故不之改也
設大禮五使

本朝郊祀五使沿唐及五代之制大禮使用宰相儀仗使用御史中丞頓遞使又增橋道之名用京尹禮儀使（唐本以太常卿為之）及鹵簿使則以學士及他尚書為之大中祥符中東封五使皆命輔臣以重非常之禮天聖二年親郊晏元獻以翰林學士為儀仗使薛簡肅以御史中丞為鹵簿使議者以為非故實治平二年當郊以賈直孺中丞為鹵簿使賈遂引故事以請乃以為儀仗使元符郊祀禮儀使以下改差執政官然自後五使自宰執外

繼以從官之長或使相為之

重攝官典禮

故事冬至祀圜丘攝太尉掌誓百官攝侍中進玉幣并奏請致齋及輦輅前奏請政和以左輔右弼易侍中中書令大禮行事以左輔攝事靖康詔三省長官並依元豐官制自是復初紹興癸丑上昭慈謚孟信安以攝太尉奉册于是權太常少卿江端友言漢唐以来太尉乃三公之官故命宰相執政攝之以重其事政和以後降

太尉不得為三公令雜壓乃在特進觀文殿大學士之下而奉册寶猶稱攝太尉自上攝下名實不相副兼不以三公奉册不應典禮遂詔令後攝三公行禮自是皆攝太傅乾道壬辰既改左右僕射為丞相删去侍中中書尚書二令淳熙初復有詔侍中中書令雖已删去每遇大禮並仍攝事貴存舊名以備禮文乙巳之冬舉行慶壽禮王魯公以首相攝太傅梁鄭公以次相攝侍中周益公以樞密使攝中書令重盛典也自是率遵行之

時政記

唐故事宰臣每于閤内及延英奏論政事退歸中書惟知印宰臣得書其日德音及凡宰臣奏事付史館名時政記其後議者謂所奏事非一端移數刻之久或但記出己之辭而忘同列之對恐有遺漏乞令宰臣人自為記國初以扈蒙之言詔盧多遜録時政月送史館然迄不能成書太平興國末直史館胡旦言五代自唐以來中書樞密皆置時政記周顯德中密院置内庭日歷望

令樞密院依舊置內庭日歷詔自今軍國政要並委叅知政事李昉撰録樞密院令副使一人纂集每季送史館昉因請每月先奏御後付所司時政記奏御自昉始端拱二年中書門下建言所録時政記緣御前殿樞密院以下先上宰臣未上所有宣諭無由聞知乞差副樞二人抄録送中書遂詔樞密副使張宏張齊賢共抄録送中書同修為一書以授史官然止送中書未得自為記也大中祥符五年王欽若陳堯叟在西府乃請别撰

不附中書其後不止宰相與密院凡執政人人皆自為書而所記益廣然循襲一季之例或半年始送著作往往愆期妨于修撰紹興初始命每月終録送著作院云

臺諫得見政府

祖宗時臺諫得見政府而不得自相往來如王沂公親諭韓魏公近日章疏甚好范文正公爭郭后面與呂許公辨呂獻可爭濮議面與韓魏公辨司馬溫公乞立皇子親見魏公納劄子張橫渠至中書見王荊公爭新法

之類韓魏公問陳師道洙司馬近日論何事答以彼此臺諫不相往来不知所言何事是已其後臺諫得相往来而不得見政府呂汲公對簾前以備位執政不敢與言事官相通遂令范淳父諭旨於劉器之是臺諫已不可見政府矣蘇子由王彦霖諸公擊呂吉甫會議于與國浴室院則臺諫相見無所枸也今沿襲此制云

梁溪漫志卷一

欽定四庫全書

梁溪漫志卷二

宋 費袞 譔

記文武官制

文武官制自元豐政和更新其後增改亦不一因合而書之以備稽考云元豐三年初行文臣官制以階易官寄禄新格中書令侍中同平章事為開府儀同三司左右僕射為特進吏部尚書為金紫光禄大夫五曹尚書

為銀青光禄大夫左右丞為光禄大夫（元祐右銀青光禄大夫）宣奉大夫（大觀新置元祐左光禄大夫）正奉大夫（大觀新置元祐右光禄大夫）六曹侍郎為正議大夫通奉大夫（大觀新置元祐右正議大夫）給事中為通議大夫左右諫議為太中大夫祕書監為中大夫中奉大夫（大觀新置元祐左中散大夫）光禄卿至少府監為中散大夫太常至司農少卿為朝議大夫奉直大夫（大觀新置元祐右朝議大夫）六曹郎中前行為朝請大夫中行為朝散大夫後行為朝奉大夫員外郎前行為朝請郎中行及起居舍人

為朝散郎後行及左右司諫為朝奉郎左右正言太常國子博士為承議郎太常秘書殿中丞著作郎為奉議郎太子中允贊善大夫中舍洗馬為通直郎著作佐郎大理寺丞為宣德郎（政和改宣教）光祿衛尉寺將作監丞為宣義郎大理評事為承事郎太常寺大祝奉禮郎為承奉秘秘書省校書郎正字將作監主簿為承務郎崇寧初又因刑部尚書鄧洵武有請以留守節察判官換承直郎節度掌書記支使防團判官換儒林郎留守節察

推官軍事判官換文林郎防團推官監判官換從事郎以録事叅軍縣令為通仕郎以知録事叅軍知縣令為登仕郎以軍廵判官司理司法司户主簿尉為將仕郎五年改太廟郊社齋郎為假將仕郎政和六年又詔舊將仕郎已入仕不可稱將仕可為廸功郎舊登仕郎為修職郎舊通仕郎為從政郎尋又以假版官行于衰世始從版授蓋非真官于是却以此三官易假授官以處未入仕者假將仕郎去假字為將仕郎假承務郎為登

仕郎假承事承奉郎為通仕郎云政和二年易武選官名内客省使為通侍大夫延福宮使為正侍大夫宣政大夫（政和六年增置）履正大夫（政和六年增置）協忠大夫（政和六年增置）景福殿使為中侍大夫客省使為中亮大夫引進使為中衛大夫翊衛大夫（政和六年增置）親衛大夫（政和六年增置）四方館使為拱衛大夫東上閤門使為右武大夫正侍郎（政和六年增置）宣正郎（政和六年增置）履正郎（政和六年增置）協忠郎（政和六年增置）中侍郎（政和六年增置）客省副使為中亮郎引進副使為中衛郎翊衛郎

政和六年增置親衛郎政和六年增置拱衛郎政和六年增置東上閤門副使為左武郎西上閤門副使為右武郎皇城使為武功大夫宮苑使左右騏驥使內藏庫使為武德大夫左藏庫使東作坊使西作坊使為武定大夫尋改武顯莊宅使六宅使六思使為武節大夫內園使洛苑使如京使崇儀使為武略大夫西京左藏庫使為武經大夫西京作坊使東西染院使禮賓使為武義大夫供備庫使為武翼大夫自皇城副使至供備庫副使為武功郎至武翼郎今呼

武功大夫以下為正使武功郎以下為副使內殿承制為敦武郎淳熙改訓武內殿崇班為修武郎東頭供奉官為從義郎西頭供奉官為秉義郎左侍禁為忠訓郎右侍禁為忠翊郎左班殿直為成忠郎右班殿直為成義郎尋改保義三班奉職為承節郎三班借職為承信郎王班差使為進武校尉三班借差為進義校尉下至軍大將等易為副尉殿侍為下班祗應及更璽官名有差

令翰苑降詔

故事近臣有所請乞辭免其從與違皆當令學士院降
詔建炎掌故者省記凡請乞辭免唯不允者始降詔紹
興初吕忠穆公乞二子任在外宫觀趙忠簡公謝任伯
乞朝見並從所謂而無詔書綦叔厚宗禮時為學士引
故事論之取荆公内制荅富鄭公乞判汝州韓魏公乞
判相州東坡内制荅文潞公吕正獻辭免拜安厚御辭
還官諸允詔以為据從之尋又言近年急于除用人材
並無降詔之禮乃或有如敢還延重眞典憲指揮非待

賢之道望舉行故事凡六尚書及翰林端明殿學士以上職任與曾任宰相執政官若自外除授或被召應赴行在者並令尚書省日下報學士院須降詔書以示待遇之禮且使外任近臣有所取信以離其官守制可于是禮文稍稍復舊

學士不即艸詔

唐制惟給事中得封繳本朝富鄭公在西掖封還遂國夫人詞頭自是舍人遂皆得封繳元祐間東坡在翰林

當草文潞公呂申公免拜不允批答及安厚卿辭還官
宗晟辭起復詔皆以為未當不即撰進具所見以奏朝
廷多從之盖學士代王言視外制為重命令有所未韙
舍人猶得繳還豈親為内相者顧乃不可固應執奏以
示守官之義理則然爾

四知制誥不試而命

歐陽公歸田録載知制誥不試而命者楊文公陳文惠
及公凡三人盖誤也實始于至道三年四月真宗念梁

周翰夙負詞名令加獎擢乃不試而入西閣自國初以來不試而命者周翰實為之首而楊公繼之葉少藴左丞夢得避暑録話乃謂周翰與薛映梁鼎亦皆不試而用此亦誤映鼎蓋與大年並命者獨大年不試而後命云

以學士帶知制誥

翰林學士帶知制誥本于唐制唐自開元末改翰林供奉為學士院專掌内命號為内相凡充其職者無定員

自諸曹尚書下至校書郎皆得與選入院一歲則遷知制誥未知制誥者不作文書但備顧問叅侍行幸而已唐自有知制誥以中書舍人或前行正郎為之本朝亦自有知制誥如錢若水蘇易簡皆自知制誥入為翰林學士然唐之學士必帶知制誥之三字者所以别其為作文書之學士也若本朝翰林學士未始有不作文書者則帶知制誥徒成贅爾元豐改官制失于删去況知制誥自掌外制天禧末欲罷寇忠愍政事召知制誥晏

元憲示以除目元憲辭以臣掌外制此非臣職是也建炎元年謝任伯參政克家除學士學士以知制誥犯祖名為言有旨權不繫知制誥三字任伯力辭言翰林學士祖宗時若兼領他官止與職名同元豐官制既行專典內制則必帶知制誥三字此不易之制也詎可輒緣微臣輕有改革卒辭不拜然元豐以前省臺寺監皆領空名則固與職名同官制既行賜之以階而省臺寺監各還所職則翰林學士自應專典內制矣何必更帶知制

誥三字為哉任伯第不詳攷爾

除北門西掖不以科第進

北門西掖之除儒者之榮事也其有不由科第但以文章進者世尤指以為榮熈寧則韓持國崇寧則林彦振皆嘗直北門紹興初徐師川俯賜出身為翰林學士任世初申先蘇仲虎符皆賜出身為中書舍人而吕居仁本中賜出身兼掌内外制乾道淳熈以来韓无咎元吉王嘉叟秬劉正夫孝韙皆以門蔭特命攝西掖而劉正

夫有召試之命因力辭言國朝之制詞命之臣皆先試而後命自渡江以来廢而不舉今方修故事恐弗克稱職雖可其奏然攝詞命幾三年乃罷

命二史扈從

二史立螭舊多服綠者謂之一點青其職曰記言記動則人主起居之際皆所當侍而遇乘輿行幸未嘗扈從此亦闕文近歲始命起居郎起居舍人從駕乃合建官本意

立三館館職

唐三館者昭文館史館集賢院是也五代卑陋僅于右長慶門築屋數十間為三館國初太平興國二年度地在昇龍門東北一新之以三館新修書院為崇文院大中祥符八年又于左右掖門外建院天禧初詔崇文外院以三館為額天聖九年乃徙三館于崇文院前列三館後建祕閣修史藏書校讐皆其職也中興以來復建祕書省而三館之職歸之開元故事校書官許稱學士

本朝三館職事皆稱學士紹興初猶仍此稱蓋舊典也

送祕書省官撰文字

故事朝廷有合撰樂章贊頌敕葬軷祭文夏國人使到驛燕設教坊白語删潤經詞及回荅高麗書皆送祕書省官撰蓋學士代王言掌大典冊此等瑣細文字付之館職既足以重北門之體且所以試三館翰苑之才異時內外制闕人多于此取之所謂館職儲材意蓋本此

除檢校官

檢校官蓋唐制本以為武臣遷轉之階至祖宗時特崇重之凡文臣為樞密使副必以檢校官兼正官為之大中祥符五年王冀公欽若以吏部尚書陳文忠堯咨以戶部尚書為使晁文元當制誤削去檢校太傅詔並存之自後王景莊嗣宗曹襄悼利用為副樞又用趙韓王例不帶正官直以檢校太保為之獨太平興國中石元懿熙載止以戶部尚書充使乾興中錢思公惟演亦以兵部尚書為使當時以為有司之失檢校之階凡十有

九三少而上有六等後雖樞廷不復帶然自節度使而遷者必除檢校官蓋節鉞之上止有太尉開府儀同三司遂至少保所以必除檢校官者蓋祖宗重惜名器之深意為之等級不肯輕畀以三孤之任也自檢校尚書而下亦或以為散官熙寜中祖無擇責授檢校工部尚書其後東坡黄州之貶亦檢校水部員外郎此比頗多

辨百官謚命詞與否

故事百官謚不命詞政和以来有不經太常考功議而

特賜謚者始命詞紹興三年陳去非叅政與義在西掖引故事以請乃詔今後特恩賜謚命詞給告餘給敕其後應太常考功定謚者亦徑陳乞賜謚例多命詞朝論以為言止坐議狀給告雖特恩得謚者亦然然今之從臣磨勘轉官尚應命詞特恩賜謚乃人主非常之澤所宜命詞以示褒寵若法應定謚者則當坐議狀給告可也至淳熙丁未陳魏公賜謚正獻梁鄭公賜謚文靖乃特詔命詞給告云

謚文正

謚之美者極于文正司馬温公嘗言之而身得之國朝以來得此謚者惟公與王沂公范希文而已若李司空昉王太尉旦皆謚文貞後以犯仁宗嫌名世遂呼為文正其實非本謚也如張文節夏文莊始皆欲以文正易名而朝論迄不可此謚不易得如此其為厲世之具深矣

攷臣下姓謚多同

臣下諡多同蓋以節行適相當固難于相避然其間有姓諡皆同者往往稱謂紊亂嘗攷之本朝有兩王文康 溥 曙 兩張文定 齊賢 方平 兩張忠定 詠 燾 兩陳忠肅 瓘 過庭 兩劉忠肅 摯 珙 兩李忠愍 中官舜舉 若水 兩朱忠靖 諤 勝非 兩王恭簡 巖叟 剛中 而韓魏公諡忠獻韓宗魏諡忠憲趙閱道諡清獻趙抃之諡清憲字雖不同聲音亦相紊也

外國使臣入朝

外國使入朝所過郡長吏例送迎張安道鎮南京高麗

使經過公言臣班視二府不可為陪臣屈詔獨遣少尹其後韓王汝鎮穎昌亦言交趾小國其使人將過臣境臣嘗備近弼難以抗禮按元豐中迓以兵官餞以通判使副府謁其犒設令兵官主之請如故事從之仍詔所過郡凡前宰相知判者亦如之蔣穎叔帥熙河西使卒于中國樞過其境官屬議奠拜穎叔獨曰生見尚不拜奈何屈膝向死人乃奠而不拜識者是之故事外國國王來朝宰相出笏見之使者則否紹興初高麗使至宰

相乃出笏見之非故事時翟公巽為參政嘗以為不可明年復入貢始檢會張安道例下之經由州郡云

稱知軍州事

太守謂之知某州軍州事者言一州之軍事州事無所不統也而或遇朝廷一時推行申嚴之事往往皆以繫銜如隄岸遞角之類彼既長是郡則一郡之事皆所當為似不須一一入銜也

辨都廳簽廳

州郡簽廳舊謂之都廳歐陽公尹師魯在錢思公幕中有都廳閒話是也宣和辛丑尚書省公相廳改為都廳内外都廳並行禁止懷安軍奏本軍都廳乞以簽廳為名從之詔諸路依此簽廳之名所由始也

用謁刺

熙豐間士大夫謁刺與今略同而于年月前加一行云牒狀狀如前謹牒後見政宣間者則去此一行其間有僧官叅監司亦只書實官如提刑宣德之類其末稱裁

旨此風尚淳古焉

重座主門生

唐世極重座主門生之禮雖當五代衰亂典章隳壞之餘然故事相仍此禮猶不敢廢在唐知舉所放進士以已及第時名次為重和凝舉進士及第時第五其後知舉選范質為第五質後拜相封魯國公官至宮傅皆與凝同當時以為榮裴皡久在朝廷宰相馬裔孫桑維翰皆皡禮部所放進士也後裔孫知舉放榜引新進士詣

皞皞喜作詩曰門生門下見門生世世亦榮之維翰已作相嘗過皞皞不迎不送人問其故皞曰我見桑公于中書廳察也桑公見我于私第門生也何送迎之有人亦以為當

梁谿漫志卷二

梁溪漫志卷三

宋 費衮 撰

行入閤禮

唐有入閤之制本朝因之按唐故事天子曰御殿見羣臣曰常參朔望薦食諸陵寢有思慕之心不能御前殿則御便殿見羣臣曰入閤宣政前殿也謂之衙衙有仗紫宸便殿也謂之閤其不御前殿而御紫宸也乃自正

衙喚仗由閤門而入百官俟朝于衙者因隨以入見故謂之入閤然衙朝也其禮尊閤宴見也其事殺自乾符已後因亂禮闕天子不能日見羣臣而見朔望故正衙常日廢仗而朔望入閤有仗習見既久遂以入閤為重至出御前殿猶謂之入閤其後亦廢至唐明宗初即位御史中丞李琪請復朔望入閤然有司不能講正其事凡羣臣五日一入見中興殿便殿也此入閤之遺制而謂之起居朔望一出御文明殿前殿也反謂之入閤琪

皆不能正故歐陽公譏之本朝建隆三年八月丙戌朔
御崇元殿文武百官入閤自後屢踵而行之太平興國
二年詔以八月一日入閤會雨而止又以入閤舊圖承
五代草創禮容不備于是命史館修撰楊徽之等討論
故事別為新圖淳化二年十二月丙寅朔遂行其禮于
文殿殿右諫議大夫張洎既與徽之等同撰定新儀又
獨奏疏其略曰竊以今之乾元殿即唐之含元殿也在
周為外朝在唐為大朝冬至元日立全仗朝萬國在此

殿也今之文德殿即唐之宣政殿也在周為中朝在漢為前殿在唐為正衙凡朔望起居及册拜妃后皇子王公大臣對外國君長試制策舉人在此殿也今之崇德即唐之紫宸殿也在周為内朝在漢為宣室在唐為上閤即隻日長朝之殿也東晉太極殿有東西閤唐置紫宸上閤法此制也且人君恭己南面向明紫微黄屋至尊至重故巡幸則有大駕法從之盛御殿則有鈎陳羽衛之嚴故雖隻日常朝亦須立仗前代謂之入閤儀者

蓋隻日御紫宸上閤之時先于宣政殿前立黃麾金吾
仗俟勘契畢喚仗即自東西閤門入故謂之入閤今朝
廷且以文德正衙權宜為上閤甚非憲度竊見長春殿
正與文德殿南北相對伏請改創此殿以為上閤作隻
日立仗視朝之所其崇德殿崇政殿即唐之延英殿是
也為雙日常時聽斷之所庶乎臨御之式允叶常經今
輿乃以入閤儀注為朝廷非常之禮甚無謂也臣又聞
唐初五日一朝景雲初始修貞觀故事自天寶兵興之

後四方多故肅宗而下咸隻日臨朝雙日不坐其隻日或遇大寒盛暑陰霪泥濘亦放百官起居雙日宰相當奏事即時特開延英召對或外藩入貢勳臣歸朝亦特開紫宸引見臣欲望依前代舊規隻日視朝雙日不坐其隻日遇大寒盛暑陰霪泥濘亦放百官起居其雙日于崇德崇政兩殿召對宰臣常叅官以下及非時外國入貢勳臣歸朝亦特開上閤引見並請準前代故事處分奏入不報淳化三年五月甲午朔御文德殿百官入

閤舊制入閤惟殿中省細仗隨兩省供奉官先入陳于庭太宗以為儀衛太簡命有司更設黃麾仗其殿中省細仗仍舊從新制也大中祥符七年四月令有司依新定儀制重畫入閤圖有唐朝職官悉改之從東上閤門使魏昭亮之請景祐元年二月知制誥李淑上時政十議其第十議乞修起入閤之儀寶元二年仁宗謂輔臣曰唐有入閤禮今不常行其久廢不講抑不可以行于今乎于是參知政事宋庠奏疏曰比蒙聖問有唐入閤

之儀今不常行臣退而討尋故事夫入閤乃有唐隻日于紫宸殿受常朝之儀也謹案唐有大內又有大明宮在大內之東北世謂之東內而謂大內為西內自高宗以後天子多在大明宮制度尤為華備宮之正南曰丹鳳門門內第一殿曰含元殿大朝會則御之對北第二殿曰宣政殿謂之正衙朔望大册拜則御之又對北第三殿曰紫宸殿謂之上閤亦曰內衙隻日常朝則御之據唐制凡天子坐朝必須立仗于正衙殿或乘輿止御

紫宸殿既喚仗自宣政殿兩門入是謂東西上閤門也若以國朝之制則今之宣德門唐丹鳳門也大慶殿唐含元殿也文德殿唐宣政殿也紫宸殿唐紫宸殿也今或欲求入閤本意施于儀典即須先立仗于文德殿之庭如天子止御紫宸殿即喚仗自東西閤門入如此則差與舊儀相合但今之諸殿比于唐制南北不相對值此為殊耳故後来論議因有未明又按唐自中葉以還雙日及非時大臣奏事別開延英若今假日御崇政延

和是也乃知唐制每遇坐朝日即為入閤而叔世離亂五代草創大昕之制更從簡易正衙立仗因而遂廢其後或有行者常人之所罕見乃或謂之盛禮甚不然也今之相傳入閤圖者是官司記常朝之制也如閤門有儀制敕雜坐圖耳是何足為希濶之事哉况唐開元舊禮本無此制至開寳中諸儒增附新禮始載月朔入閤之儀又以文德殿為上閤差舛尤甚蓋當時編撰之士討求未至太宗朝儒臣張洎亦有論奏頗為精洽竊恐

朝廷他日修復正衙立仗欲下兩制使預加商摧以正舊儀而議者以今之殿閤與唐不同遂不果行至熈寧三年五月壬子用宋敏求王岐公等議始詔朔望御文德殿立仗而罷入閤儀入閤之本末如此

別元祐黨人

吾州蒼梧先生胡德輝珵嘗對劉元城歎息張天覺之亡元城無語蒼梧疑而問之元城云元祐黨人只是七十八人後来附益者不是又云今七十七人都不存惟

某在耳元城為此言時實宣和六年十月六日也蓋紹聖初章子厚蔡京卞得志凡元祐人皆籍為黨無非一時忠賢七十八人者可指數也其後每得罪于諸人者駸駸附益入籍至崇寧間京悉舉不附己者籍為元祐奸黨至三百九人之多于是邪正混淆其非正人而入元祐黨者蓋十六七也建炎紹興間例加襃贈推恩其後而議者謂其間多奸邪今日子孫又從而僥倖恩典遂有詔甄別之

行卷

前輩行卷之禮皆與剌俱入蓋使主人先閲其文而後見之宣和間蒼梧胡德輝見劉元城尚仍此禮近年以来率俟相見之時以書啓面投大抵皆求差遣勾私書干請乞憐之言主人例避謝而入袖退閲一二見其多此等語往往不復終卷彼方厭其干請安得為之延譽士之自處既輕而先達待士之風至此亦掃地矣

攷氏族

氏族之譌久矣凡蔣邢茅胙祭周公之胄也此三者實一姓也自分為三派寖遠寖忘則為三姓矣退之所謂徐與秦俱出韓與何同姓之類是也揚子雲于蜀無他揚今此揚姓不復見亦皆雜于楊矣錢鏐有吳越吳越之人避其諱以劉去偏傍而為金王審知據閩閩人避其諱以沈去水而為尤二姓實一姓也今之稱複姓者皆從省文如司馬則曰馬諸葛則曰葛歐陽則曰歐夏侯則曰侯鮮于則曰于如此之類甚多相承不已複姓

又將混于單姓矣唐永貞元年十二月淳于姓改為于以音與憲宗名同也至今二于無復可辨如豆盧蓋唐大族欽望瑑革皆嘗為相而此姓今不復見其殆混于盧邪

王文貞公壻入蜀

王文貞公為相長女壻韓忠獻例當守遠郡得洋州公私語其女曰韓郎入川汝第歸吾家勿憂也吾若有求于上他日使人指韓郎緣婦翁奏免遠適則其為損不

細矣忠獻聞之喜曰公待我厚也予竊謂王公此舉于當國則甚公于處家則似未盡且婦從夫者也死生禍福率當同之今其夫特為遠郡遽俾其女歸享安佚之樂而使其夫獨被遐征之勞豈所以教為婦之道哉唐李晟正歲崔氏女歸寧責曰爾有家而姑在堂婦當治酒食且以待賓客即卻之不得進晟武人尚知此為公計者孜使其女不肯遠適尤當以義責使偕行使人知公雖父子之愛亦不肯容其私益彰至公之道則于為

國處家之際兩盡其至矣

記司馬溫公讀書法

司馬溫公獨樂園之讀書堂文史萬餘卷而公晨夕所常閱者雖累數十年皆新若手未觸者嘗謂其子公休曰賈豎藏貨貝儒家惟此耳然當知寶惜吾每歲以上伏及重陽閒視天氣晴明日即設几案于當日所側羣書其上以曝其腦所以年月雖深終不損動至于啟卷必先視几案潔淨藉以茵褥然後端坐看之或欲行看

即承以方版未嘗敢空手捧之非惟手汗漬及亦慮觸動其腦每至看竟一版即側右手大指面襯其沿而覆以次指面撚而挾過故得不至揉熟其紙每見汝輩多以指爪撮起甚非吾意今浮屠老氏猶知尊敬其書豈以吾儒反不如乎當宜誌之

允高密辭起復

文選載李令伯乞養親表云臣密今年四十有四祖母劉今年九十有六是臣盡節于陛下之日長報劉之日

短也讀者惻然動心元祐三年高密郡王宗晟起復判大宗正事連章力辭其言亦曰念臣執喪報親之日短致命徇國之日長東坡時直禁林當草荅詔見其疏而哀之因入劄子乞聽所守詔從之

記范淳父字

范淳父内翰之母夢鄧禹来而生淳父故名祖禹字夢得溫公與之帖云按鄧仲華傳仲華内文明篤行淳備輒欲更表德曰淳備既協吉夢又可止訛且與令德相

應未審可否次日復一帖云昨夕再思淳備字太顯而盡不若單字淳臨時配以甫子而稱之五十則稱伯仲亦猶子路或稱季路是也如何如何予因是推之劉仲原父貢父錢穆父皆只一字或謂仲原父用程伯休父三字之法非也伯休父亦只一字耳蓋伯仲與甫之類本語助特後世以便于稱謂非以表其德也凡今以伯仲甫子之類為助者皆取單字蓋亦古之遺意焉爾

名射雁堂

聞樂先生陳公伯修師錫在太學與了翁友善一日同集宗室淄王園中有雁陣過相與戲曰明年魁天下者當中首雁伯修引弓射之一矢中其三了翁不中須臾又有雁陣過焉了翁射之亦中其三伯修曰公其後牓耶了翁曰果然當為公代其明年徐鐸牓伯修果以第三人登第後三年了翁登第亦第三人皆為昭慶軍節度掌書記果相與為代因名便廳為射雁堂先是了翁將唱第問捉子山道者云我作狀元否應曰無時一有

時三了翁惘然莫測是歲時彥魁天下了翁居其三始
悟前語

記閒樂異事

閒樂陳公伯修宣和三年以祠官居南徐一日晝寢夢
至一處殿宇巍然中有人冠服如天帝正坐侍衛環立
稽至引公拜殿下命之升殿慰藉久之謂曰卿平生論
事章疏可悉録以進呈公對曰臣在杭州日因陳正彙
事郡守賈偉節遣人搜取多已焚滅今恐不能盡記帝

曰能記者録以進即有仙官導公至廡下幕中設几案筆研有一青冊公方沈吟間仙官曰不必追記盡在是矣開冊示之則平日所草章疏具在雖經焚毀者亦備載無遺公即袖以進帝喜曰已安排御第六等官矣遂覺呼其子大理寺丞昱至前引其手按其項則十字裂如小兒頤其熱如火謂之曰與吾書謁刺數十將別親舊吾去矣其子請曰大人何往公告以夢子曰此吉梦其殆有歸詔耶公曰不然豐相之臨終亦夢朝帝蓋永

歸之兆也已而再寢頃之覺復謂其子曰適又梦入黑
漆屋三間比棺槨之象吾去必矣俄南徐太守虞純臣
遣人招其子告之曰適尊公有狀丐掛冠正康強何乃
爾莫測其意是以扣公言未既聞傳呼陳殿院来若已
知其故者謂太守曰死生定數也公何訝戒其子曰凡
吾治命事不可妄易遂歸携親戚數十人酌酒告别既
退命諸子子婦皆坐置酒諄諄告戒家人見公無疾而
遽若是愕眙不知所荅迨夜入寢有婢杏香奔告諸子

曰殿院咳逆不止若疾狀諸子亟走至則已趺坐而一足猶未上命其子為收之纔畢而終終之七日忽有僧欲入弔其家以素不之識止之僧云我識不識公但疇昔之夜在瓜洲忽夢一官人着朱騎馬導從甚盛淩波而北人馬皆不濡傍人指云此陳殿院也洎入城見羣僧来作佛事乃知之故欲瞻敬遺像非有所求也時名流多作挽詩紀其事黄冕仲裳云不須更艸玉樓記已作仙官第六人張子韶九成云淩波應作水中仙盖謂

此乃知世之偉人皆非混混流轉者傅説騎箕而為列星其可信矣

元城與了翁表章

今時士大夫論四六多喜其用事精當下字工巧以為膾炙人口此固四六所尚前輩表章固不廢此然其剛正之氣形見于筆墨間讀之使人聳然人主為之改容奸邪為之破胆元符末劉元城自貶所起帥鄆當過闕公謝表云志惟許國如萬折之而必東忠以事君雖三

已之而無愠坐是遂不得入見大觀間陳了翁在通州編修政典局取尊堯集了翁以表繳進其語有云愚公老矣益堅平險之心精衛眇然未捨填波之願後竟再坐貶此二表于用事下字亦皆精切而氣節凛凛如嚴霜烈日與退之所謂登泰山之封鏤白玉之牒者似不侔矣

論王定國記東坡事

王定國甲申雜記云天下之公論雖仇怨不能奪李定

鞫治東坡獄正急一日將朝忽于殿門謂同列曰蘇軾誠奇才也衆莫敢對定曰雖二三十年前所作文字詩句引證經傳隨問即荅無一字差舛誠天下之奇才也此恐未必然按東坡自熙寧初荊公行新法自是詩語多及新法之不便元豐二年言者論其作詩譏諷遂得罪相距止十年耳不至二三十年也藉使能記二三十年作詩文之因人皆可能似不足為東坡道也定國記此特愛東坡之過云爾

梁溪漫志卷三

欽定四庫全書

梁溪漫志卷四

宋 費袞 撰

蘇東坡教人讀檀弓

東坡教人讀檀弓山谷謹守其言傳之後學檀弓誠文章之模範凡為文記事常患意晦而辭不達語雖蔓衍而終不能發明惟檀弓或數句書一事或三句書一事至有兩句而書一事者語極簡而味長事不相涉而意

脉貫穿經緯錯綜成自然之文此所以為可法也

蘇東坡識任德翁

蜀人任孜字遵聖以學問氣節雄鄉里兄弟皆從老蘇遊東坡所謂大任剛烈世無有疾惡如風朱伯厚者其後在京師有哭遵聖詩云老任況豪俊先子推輩行又云平生惟一子抱負珠在掌見之齠齔中已有食牛量其子後立朝果著大節即德翁也東坡眼力高觀人于齠齔間已能如此妙矣夫

蘇東坡西湖了官事

東坡鎮餘杭遇遊西湖多令旌旃導從出錢塘門坡則自湧金門從一二老兵泛舟絶湖而来飰于普安院徜徉靈隱天竺間以吏牘自隨至冷泉亭則據案剖決落筆如風雨分争辯訟談笑而辦已乃與僚吏劇飲薄晩則乘馬以歸夾道燈火縱觀太守有老僧紹興末年九十餘幼在院為蒼頭能言之當是時此老之豪氣逸韻可以想見也

藴東坡改和陶集引

東坡既和淵明詩以寄潁濱使為之引潁濱屬稾寄坡
自欲以晚節師範其萬一也其下云嗟夫淵明隱居以
求志詠歌以忘老誠古之達者而才實拙若夫子瞻仕
至從官出長八州事業見于當世其剛信矣而豈淵明
之拙者哉孔子曰述而不作信而好古竊比于我老彭
古之君子其取于人則然東坡命筆改云嗟夫淵明不
肯為五斗粟一束帶見鄉里小人而子瞻出仕三十餘

年為獄吏所折困終不能悛以陷大難乃欲以桑榆之末景自託于淵明其誰肯信之雖然子瞻之仕其出入進退猶可攷也後之君子其必有以處之矣孔子曰述而不作信而好古竊比于我老彭孟子曰曾子子思同道區區之迹蓋未足以論士也此文今人皆以為潁濵所作而不知東坡有所筆削也宣和間六槐堂蔡康祖得此槀於潁濵第三子遜因録以示人始有知者

蘇東坡教人作文寫字

葛延之在儋耳從東坡遊甚熟坡嘗教之作文字云譬如市上店肆諸物無種不有却有一物可以攝得曰錢而已莫易得者是物莫難得者是錢今文章詞藻事實乃市肆諸物也意者錢也為文若能立意則古今所有翕然並起皆赴吾用汝若曉得此便會做文字也又嘗教之學書云世人寫字能大不能小能小不能大我則不然胷中有个天来大字世間縱有極大字焉能過此從吾胷中天大字流出則或大或小唯吾所用若能了

此便會作字也嘗為作龜冠詩送其行嘗以語胡蒼梧蒼梧為記之此大匠誨人之妙法學者不可不知也

蘇東坡謫居中勇于為義

陸宣公謫忠州杜門謝客惟集藥方蓋出而與人交動作言語之際皆足以招謗故公謹之後人得罪遷徙者多以此為法至東坡則不然其在惠州也程正輔為廣中提刑東坡與之中外凡惠州官事悉以告之諸軍闕營房散居市井窘急作過坡欲令作營屋三百間又薦

都監王約指使藍生同幹惠州納秋米六萬三千餘石漕符乃令五萬以上折納見錢坡以為嶺南錢荒乞令人户納錢與米並從其便博羅大火坡以為林令在式假不當坐罪又有心力可委欲專牒令修復公宇倉庫仍約束本州科配惠州造橋坡以為吏孱而胥横必四六分分了錢造成一座河樓橋乞選一健幹吏來了此事又與廣帥王敏仲書薦道士鄧守安令引蒲澗水入城免一城人飲鹹苦水春夏疾疫之患凡此等事多涉

官政亦易指以為恩怨而披奮然行之不疑其勇于為義如此謫居尚爾則立朝之際其可以死生禍福動之哉

蘓東坡縁在東南

東坡平生宦游多在淮浙間其始通守餘杭後又為守杭人樂其政而公樂其湖山嘗過壽星院恍然記若前身游歷者其于是邦每有朱仲卿桐鄉之念謫居于黄凡五年移汝旣去黄夜行武昌山上回望東坡聞黄州

鼓角淒然泣下賦詩云黃州鼓角亦多情送我南来不辭遠尋上章乞居常州其後謝表有買田陽羨誓畢此生之語在禁林與胡完夫蔣穎叔酬唱皆以卜居陽羨為言晚自儋北歸愛龍舒風土欲居焉乃令郡之隱士李惟熙買田以老已而得子由書言桑榆末景忍復離别遂欲北還潁昌作書與惟熙云然某緣在東南終當會合願君志之未易盡言也至儀真乃聞忌之者猶欲攻擊遂不敢兄弟同居竟居毗陵以斃緣在東南之語

乃爾明驗古之偉人自能前知所謂有開必先者不假數術也

蘇東坡卜居陽羨

建中靖國元年東坡自儋北歸卜居陽羨陽羨士大夫猶畏而不敢與之游獨士人邵民瞻從學于坡坡亦喜其人時時相與杖策過長橋訪山水為樂邵為坡買一宅為錢五百緡坡傾囊僅能償之卜吉入新第既得日矣夜與邵步月偶至一村落聞婦人哭聲極哀坡徙倚

聽之曰異哉何其悲也豈有大難割之愛觸于其心歟吾將問之遂與邵推扉而入則一老嫗見坡泣自若坡問嫗何為哀傷至是嫗曰吾家有一居相傳百年保守不敢動以至于我而吾子不肖遂舉以售諸人吾今日遷徙來此百年舊居一旦訣別寧不痛心此吾之所以泣也坡亦為之愴然問其故居所在則坡以五百緡所得者也坡因再三慰撫徐謂之曰嫗之舊居乃吾所售也不必深悲今當以是屋還嫗即命取屋券對嫗焚之

呼其子命翌日迎母還舊第竟不索其直坡自是遂還毘陵不復買宅而借顧塘橋孫氏居暫憩焉是歲七月坡竟歿于借居前輩所為類如此而世多不知獨吾州傳其事云

蘇東坡嬾版

東坡北歸至儀真得暑疾止于毘陵顧塘橋孫氏之館氣寖上逆不能卧時晉陵邑大夫陸元光獲侍疾卧內輟所御嬾版以獻縱橫三尺偃植以受背公殊以為便

竟據是版而終後陸君之子以屬蒼梧胡德輝為之銘曰參沒易簀由殪結纓斃而得正匪死實生堂堂東坡斯文棟梁以正就木猶不忍僵昔我邑長君先大夫侍聞夢奠啟手舉扶木君戚施匪屏匪几詒萬子孫無曰不祥之器

毘陵有東坡祠堂記

東坡自黄移汝上書乞居常其後謝表有買田陽羨誓畢此生之語在禁林與胡完夫蔣穎叔唱和有云惠山

山下土如濡陽羡溪頭米勝珠賣劍買牛吾欲老殺雞為黍子来無又云雪芽我為求陽羡乳水君應餉惠山晩自儋耳北還崎嶇萬里徑歸南蘭陵以歿盖出處窮達三十年間未嘗一日忘吾州者而郡無祠宇奠謁之所邦人以為闕文乾道壬辰太守晁彊伯子健来始築祠于郡學之西塑東坡像其中又于士夫家廣摹畫像或朝服或野服列于壁間而晁侍郎公武為之記其略曰公武聞諸世父景迂生崇寧間賊臣檀國顛倒天下

之是非人皆畏禍莫敢莊語公之葬也少公黄門銘其壙亦非實録其甚者以賞罰不明罪元祐以改法免役壞元豐指温公才智不足而謂公之斥逐出其遺意稱蔡確謗讟可赦而謂公之進用自其遷擢章子厚之賊害忠良而謂公與之友善林希之詆誣善類而云公嘗汲引之嗚呼若然則公之上清儲祥忠清粹德二碑及諸奏議著述皆誕謾歟公武因子健之請伏自思念歳月滋久耆舊日益淪喪存者皆邈然後進則緒言將零

落不傳于是不敢以不能為解而輒載其事惟公當元祐時起于謫籍登金門玉堂極禮樂文章之選及章蔡竄朋黨于嶺表而公獨先朝廷追復黨人官爵而公獨後立朝本末彰明較著如此豈有他哉昔陳仲弓送中常侍父之葬非以為賢從者詈楚公子曰隸也不力非以為不肖皆有為而發豈少公之意或出于此非耶後世不知其然惟斯言是信則為盛德之累大矣因述景迂生之語俾刻之樂石庶異日網羅舊聞者有考記成

彊伯刻石為二碑一置之郡齋一置之陽羨洞靈觀用杜元凱之法蓋欲俱傳不朽其措意甚美然東坡公之名節固自萬世不磨矣

武臣有獻東坡啟

東坡帥定武有武臣狀極朴陋以啟事來獻坡讀之甚喜曰奇文也客退以示幕客李端叔問何者最為佳句端叔曰獨開一府收徐庾于幕中並用五材走孫吳于堂下此佳句也坡曰非君誰識之者端叔笑謂坡曰視

此郎眉宇閭决無是語得無假諸人乎坡曰使其果然固亦具眼矣即爲具召之與語甚歡一府皆驚竹坡老人周少隱紫芝聞之李端叔嘗記其事

蘇東坡戴笠

東坡在儋耳一日過黎子雲遇雨乃從農家借篛笠戴之着屐而歸婦人小兒相隨争笑邑犬羣吠竹坡周少隱有詩云持節休誇海上蘇前身便是牧羊兒應嫌朱紱當年夢故作黄冠一笑娱遺跡與公歸物外清風爲

我襲庭隅憑誰喚起王摩詰畫作東坡戴笠圖今時亦有畫此者然多俗筆也

蘇東坡荔支詩

東坡食荔支詩有云雲山得伴松檜老霜雪自困樝棃麗常疑上句似泛此老不應爾後見習閩廣者云自福州古田縣海口鎮至于海南凡窐上木松檜之外悉雜植荔支取其枝葉蔭覆彌望不絶此所以有伴松檜之語也

蘇東坡用事對偶精切

東坡詞源如長江大河洶涌奔放瞬息千里可駭可愕而于用事對偶精妙切當人不可及如張子埜買妾詩全用張氏事祭徐君猷文全用徐氏事送李方叔下第詩用古戰場日五色皆當家事殆如天成徐君猷孟亨之皆不飲作詩戲之用徐邈孟嘉飲酒事仍各舉當時全語以為對其通守餘杭日荅高麗使私覿狀云歸時事于宰旅方勞遠勤發私幣于公卿亦蒙見及發

幣一事非外國使者致饋之故實乎

記退之東坡用先後語

退之南山詩云或齊若友朋或差若先後人多不知先後之義練塘洪慶善吏部興祖引前漢志云見神于先後宛若其注云兄弟妻𨷂中呼為先後予觀東坡徐州謝上表云信道直前曾無坎井之避立朝寡助誰為先後之容或疑先後不可對坎井蓋不知亦出于此也

蘇東坡文效唐體

東坡之文浩如河漢濤瀾奔放豈區區束縛于隄防者而作徐君猷祭文及徐州鹿鳴宴詩序全用四六效唐人體而益工蓋以文為戲邪

蘸東坡録淞流館詩

東坡在翰林被旨作上清儲祥宫碑哲宗親書其額紹聖黨禍起磨去坡文命蔡元長别撰玉局遺文中有詩云淮西功德冠吾唐吏部文章日月光千載斷碑人膾炙不知世有段文昌其題云紹聖中得此詩于淞流館

中不知何人作也戲録之以益篋笥之藏此詩乃東坡自作蓋寓意儲祥之事特避禍故託以得之味其句法則可知矣

記石屋洞題名

臨安石屋洞崕石上有題名二十五字云陳襄蘇頌孫奕黄灝曽孝章蘇軾同遊熈寧六年二月二十一日内東坡姓名磨去僅存彷彿蓋崇寧黨禍時也

柳展如評論東坡文

東坡歸自海南遇其甥柳展如閣出文一卷示之曰此吾在嶺南所作也甥試次第之展如曰天慶觀乳泉賦詞意高妙當在第一鍾子翼哀詞别出新格次之他文稱是舅老筆甥敢優劣邪坡歎息以為知言展如後舉似洪慶善慶善跋東坡帖具載其語

二守能敬蘇黄

元祐黨禍烈于熾火小人交扇其焰傍觀之君子深畏其酷惟恐黨人之塵點汙之也而東坡之在儋儋守張

中事之甚至且日從叔黨棋以娛東坡洎張解官北歸坡凡三作詩送之魯直之在戎戎守彭知微每遣吏李珎調護其逆旅之事無不可人意當是之時而二守乃能如此其義氣可書張竟以此坐謫云

貶昌化感事

東坡眉人貶昌化任德翁亦眉人後亦貶昌化張才叔贈德翁詩云儋耳百年經僻陋眉山二老繼驅除德翁和云身投魑魅家何在澤逮昆蟲罪未除蘇任兩公同

鄉里同賍所大節相望顧僭耳獨何幸也

三侍兒對東坡語

東坡一日退朝食罷捫腹徐行顧謂侍兒曰汝輩且道是中有何物一婢遽曰都是文章坡不以為然又一人曰滿腹都是識見坡亦未以為當至朝雲乃曰學士一肚皮不入時宜坡捧腹大笑

梁溪漫志卷四

欽定四庫全書

梁溪漫志卷五

宋 費衮 撰

弦優孟孫叔敖歌

史記載優孟言孫叔敖事曰楚相孫叔敖知其賢人也善待之病且死屬其子曰我死汝必貧困若往見優孟言我孫叔敖之子也居數年其子窮困負薪逢優孟與言曰我孫叔敖子也父且死時屬我貧困往見優孟優

孟曰若無遠有所之即為孫叔敖衣冠抵掌談語歲餘像孫叔敖楚王及左右不能別也莊王置酒優孟前為壽莊王大驚以為孫叔敖復生也欲以為相優孟曰請歸與婦計之三日而為相莊王許之三日後優孟復來王曰婦言何謂孟曰婦言慎無為楚相不足為也如孫叔敖之為楚相盡忠為廉以治楚楚王得以伯今死其子無立錐之地貧困負薪以自飲食必如孫叔敖不如自殺因歌曰山居耕田苦難以得食起而為吏身貪鄙

者餘財不顧恥辱身死家室富又恐受賕枉法為姦觸大罪身死而家滅貪吏安可為也念為廉吏奉法守職竟死不敢為非廉吏安可為也楚相孫叔敖持廉至死方今妻子窮困負薪而食不足為也于是莊王謝優孟乃召孫叔敖子封之寢邱史記所載如此予嘗游浮光叔敖即是郡期思縣人也期思今廢為鎮予得漢延熹中所立碑書是事微有不同云病甚臨卒將無棺槨令其子曰優孟曾許千金貸吾孟楚之樂長與相君相善

雖言千金實不負也卒後數年莊王置酒以為樂優孟乃言孫君相楚之功即忼慨高歌涕泣數行(闕一字)投首王王心感動覺悟問孟孟具列對即求其子而加封焉子辭父有命如楚不忘亡臣社稷(闕一字)而欲有賞必于潘國下濕墝埆人所不貪遂封潘鄉潘即固始也而所載歌絕奇曰貪吏而可為而不可為廉吏而可為而不可為貪吏而不可為者當時有汙名而可為者子孫以家成廉吏而可為者當時有清名而不可為者子孫困

窮披褐而賣薪貪吏常苦富廉吏常苦貧獨不見楚相孫叔敖廉潔不受錢味其詞語憤世疾邪含思哀怨過于慟哭比之史記所書遠甚聽者安得不感動也歐陽公集古録謂儆斯碑後世遂不復知叔敖名饒又謂碑亦罕傳余以集録二十年間求之博且勤乃得之云

正史載禍福報應事

史書載禍福報應事當示勸懲之意班固書田蚡殺魏其灌夫事其末云蚡疾一身盡痛若有擊者呼服謝罪

上使視鬼者瞻之曰魏其與灌夫共守笞欲殺之竟死其意盖謂蚡雖幸逃人戮鬼得而誅之矣故書之所以示戒也唐書載崔器議達奚珣罪抵死後器病叩頭云達奚尹訴于我三日卒夫珣之叛君附賊死有餘罪器守正據法尚何所訴又安能為正人之厲哉徒使逆徒用以藉口此等事削而不書可也

凡古者居室皆稱宮

古者居室貴賤皆通稱宮初未嘗分别也秦漢以来始

以天子所居為宮矣禮記云父子異宮又云儒有一畝之宮環堵之室林子中在京口作詩寄東坡云欲喚無家一房客五雲樓殿鏁鼇宮而東坡和云叩頭莫喚無家客歸掃峩眉一畝宮蓋本諸此

稱諸父大人

伯叔父謂之諸父兄弟之子謂之猶子故皆可稱為父子二疎傅受乃廣之兄子而班固書曰即日父子俱移病又令人稱父為大人而此書受叩頭曰從大人議則

諸父亦通稱猶孟子之所謂大人者蓋皆尊者之稱爾

稱子

子者男子之通稱若文字間稱其師則曰子某子復冠子字于其上者示特異于常稱曰吾所師者則某子云爾列子乃其門人所集故曰子列子公羊之書其弟子稱其為子公羊子至隱十一年稱子沈子何休注曰子沈子後師沈子稱子冠氏上者著其為師也不但言子曰者辟孔子也其不冠子者他師也陳後山以南豐辯

香稱為子曾子蓋用此法劉夢得自為傳乃加子于上
者非是而今人承其誤亦多以自稱或稱其朋友皆失
之矣

識前言往行有所感發

士大夫多識前言往行豈獨資談柄為觀美蓋欲施之
用也國初遣盧多遜使李國主還艤舟宣化口使人白
國主曰朝廷重修天下圖經史館獨闕江東諸州願各
求一本以歸國主亟令繕寫送與之于是多遜盡得其

十九州之形勢屯戍遠近戶口多寡以歸朝廷始有用兵之意熙寧中高麗入貢所經州縣悉要地圖所至皆造送山川道路形埶險易無不備載至揚州牒州取地圖是時陳秀公守揚紿使者欲盡見兩浙所供圖倣其規模供造及圖至都聚而焚之具以事聞秀公之舉蓋因前事有所感發也

年老而能學

曹孟德嘗言老而能學唯吾與袁伯業東坡云此事不

獨令人不能古人亦自少也東坡以論語解寄文潞公書云就使無取亦足見其窮不忘道老而能學也予竊謂年齒寖高而能留意于學此固非易事然于其中亦自有味蓋老者更事既熟見理既明開卷之際迎刃而解如行舊路而見故人所謂温故知新者人于少年讀書與中年晚年所見各不同其作文亦然故老而能學蓋自有以樂之也

温公論用商鞅

温公論魏惠王有一商鞅而不能用使還為國害喪地七百里竄身大梁予竊謂商鞅刻薄之術始能帝秦卒能亡秦使用之于魏其術猶是也孟子不遠千里而来惠王猶不能聽其言其妄庸可知矣温公不責惠王以不聽孟子仁義之言而乃責其不用商鞅功利之説何耶公于此必有深意特予未之曉爾

辨漢高祖卧内奪韓信軍

史記西漢所書高祖即卧内奪韓信軍事殊可疑且信

為漢名將凡用兵之法敵人動息尚當知之豈有其主夜宿傳舍而軍中不知其斥候不明可想見矣周亞夫屯細柳天子先驅至不得入今乃使人晨入其卧内稱漢使者至麾召諸將易置其軍而猶不知信方起乃知獨漢王来大驚則其軍門壁壘蕩然無禁所謂紀律果安在邪設或敵人傚此而為之其敗亡可立而待也項羽死高祖又襲奪其軍夫為將而其軍每為襲奪則真成兒戲爾信號能申軍法恐不應至是也

攷平淮西碑誤

唐憲宗以永貞元年八月即位是月劔南西川劉闢自稱留後十一月夏綏銀節度留後楊惠琳反元和元年三月辛巳楊惠琳伏誅十月戊子劉闢伏誅事皆在元和元年而退之平淮西碑云明年平夏又明年平蜀蓋誤也新唐書載此碑刪去明年平夏一句

論晉史書事鄙陋

晉史書事鄙陋可笑者非一端如論阮孚好屐祖約好

財同是累而未判得失夫蠟屐固非雅事然特嗜好之僻爾豈可與貪財下俚者同日語哉而作史者必待客見其料財物傾身障簏意未能平方以分勝負此乃市井屠沽之所不若何足以汙史筆尚安論勝負哉許敬宗之徒汙下無識東坡以為人奴不為過也

論唐姚崇序進郎吏

姚崇序進郎吏明皇仰視殿屋崇再三言之終不應崇懼趨出高力士侍側曰大臣奏事陛下當面加可否柰

何一不省察帝曰朕任崇以天下事當進賢退不肖郎吏卑秩乃一一以煩朕耶會力士傳旨省中為道帝語崇乃喜聞者皆服帝識人君之體後之論史者亦美之予謂明皇怠心已兆于此夫官吏雖有崇卑之異然一吏不肖則一事隳君相共議亦理之常不應以其微細而忽之政使欲示信任之意亦當因是面加開諭使崇曉然于心豈宜傲睨峻拒忽然不荅則是厭萬幾之繁畏惡之意已形于外不復顧省矣其後竟委政于李林

甫專擅國柄付邊事于安禄山卒致大亂蓋胎于相姚崇之時也

攷鼂錯名如字讀

鼂錯之名古今皆讀如措字潘岳西征賦云越安陵而無譏諒惠聲之寂寞弔爰絲之正議伏梁劍于東郭訊景皇于陽邱爰信讒而矜詭殞吳嗣于局下蓋發怒于一博成七國之稱亂翻助逆以誅錯恨過聽之無討兹沮善而勸惡據此則乃如字讀而前輩初不然不知岳

何所據耶

辨西漢句讀

西漢極有好語患在讀者亂其句讀去聲如衛青傳云人奴之生得無笞罵足矣安得封侯事乎人奴之為一句生得無笞罵足矣為一句生讀如生乃與噲等為伍之生謂人方奴我平生得無笞罵已足矣安敢望封侯事則語有意味而句法雄健令人或以人奴之生為一句只移一字在上句便凡近矣

論西漢溝洫志

西漢溝洫志載賈讓治河策云河從河内北至黎陽為石堤激使東抵東郡平岡又為石堤使西北抵黎陽觀下又為石堤使東北抵東郡津北又為石堤使西北抵魏郡昭陽又為石堤激使東北百餘里間河再西三東讀者多善其五用石堤字而不為冗複予謂其源蓋出于禹貢自導河積石而下至九州攸同一段纔二百餘字而用東至北至者凡三十餘皆連屬重複讀之初不

覺其煩政如崇山峭壁先後崛立愈險愈奇班固蓋法此

論作史華實相副

質勝文則野文勝質則史作史者當務華實相副須能摹寫當時情狀如在目前乃為盡善若惟務語簡則下筆之際必有沒其本意者如始皇見茅焦之時記事者書云王仗劍而坐口正沫出觀口正沫出四字則始皇鷙忍虎視之狀赫然可見矣作史之法當然也

論漢季布

季布面折廷争欲斬樊噲殿上皆恐呂后罷朝遂不復議擊匈奴其剛直可知矣曹邱生數招權顧金錢事貴人趙談等與竇長君善布以書諫長君使勿與通其始固亦善矣及曹邱來見初無他説止進諂辭以悅之謂其得聲梁楚間欲游揚其名于天下其奸佞取媚亦猶所以待趙談竇長君耳為布者當罵而弗與通如袁盎之絕富人可也顧乃大悅引為上客布至此何謬邪

通鑑唐太宗臂鷂事

通鑑載唐太宗嘗自臂鷂望見魏徵來納之懷徵奏事故久不已鷂竟死懷中按白樂天元和十五年獻續虞人箴云降及宋璟亦諫元宗溫顔聽納獻替從容及璟趨出鷂死握中故開元事播于無窮則是宋璟諫明皇非魏徵諫太宗也樂天在當時耳目相接必有据依殆史之誤抑豈二事皆然適相似邪

論五代典章

五季承唐之後雖兵革相尋然去唐未遠制度典章人

猶得以持循如蕭希甫論内宴樞密使不當坐李琪為僕射太常禮院言無送上之文馬縞趙咸議嫂叔之服崔棁以宰相改其所升制而引經固争使當時人人能守唐制如此豈不能久立國乎

蘓老泉賛畫五星

老泉賛吴道子畫五星云妝非今人居傳黑嘗予常疑霄漢星辰之尊而妝飾乃如是之妖何也及觀唐五行志元和末婦人為圓鬟椎髻不設鬢飾不施朱粉惟以

烏膏注唇狀若悲啼乃悟唐之俗工作時世妝嫁名道子以紿流俗星辰不如是也

論痛飲讀離騷

昔人有云痛飲讀離騷可稱名士世往往道其語予常笑之方痛飲時天地一醉萬物同歸乃復攢眉于幽憂悲憤之作而顧稱名士邪張季鷹云使我有身後名不如即時一杯酒真達者之言也

論通鑑不載離騷

邵公濟博著書言司馬文正公修通鑑時謂其屬范純父曰諸史中有詩賦等若止為文章便可刪去盖公之意士欲立于天下後世者不在空言耳如屈原以忠廢至沈汨羅以死所著離騷淮南王太史公皆謂可與日月爭光豈空言哉通鑑并屈原事盡削去之春秋褒毫髮之善通鑑掩日月之光何耶公當有深識求于考異中無之予謂三閭大夫以忠見放然行吟恚懟形于色詞揚己露才班固譏其怨刺所著離騷皆幽憂憤歎之

作非一飯不忘君之誼蓋不可以訓也若所謂與日月爭光者特以褒其文詞之美耳温公之取人必考其終始大節屈原沈淵蓋非聖人之中道區區絺章繪句之工亦何足筭也

辨四六談麈差誤

古今人作詩話多矣近世謝景思伋作四六談麈王性之銍作四六話甚新而奇前未嘗有此然談麈載陳去非草義陽朱丞相起復制云眷予次輔方宅大憂有以

宅憂為言者令貼麻陳改云方服私艱說者又以為語忌又云叔祖道遥公謝顯道也初不入黨籍朱子發震內相以初廢錮乞依黨例命一子官仮為作謝啟云刻石刋章偶逃部黨按景思記此二事皆誤宅憂二字乃有旨令綦處厚貼麻去非首待罪非令其自貼改也謝顯道崇寧元年入黨籍至四年立奸黨碑時出籍久矣一子曾致仕恩僅監竹木務而卒故子發為請于朝復得一子官其奏牘云名在黨籍是也景思記當時所見偶爾

差舛恐誤作史者采取故為是正之

攷莊嶽齊地名

孟子論齊語而曰引之置之莊嶽之間數年注莊嶽齊地也左傳襄公二十八年齊亂伐内宫弗克又陳于嶽注嶽里名也曹叅為齊相屬後相曰以齊獄市為寄勿擾也獄字合從嶽音蓋謂嶽市乃齊闤闠之地奸人所容故當勿擾之耳

梁溪漫志卷五

梁谿漫志卷六

宋 費袞 撰

成都大成殿

成都大成殿建於東漢初平中氣象雄渾漢人以大隷記其修築歲月刻於東楹至今千餘年巋然獨存殆猶魯靈光也紹興丙辰高宗因府學教授范仲殳有請親御翰墨書大成之殿四字賜之其後胡承公世將宣撫

川陜治成都詣殿周視棟梁但為易其太腐者增瓦數千而不改其舊云

蜀中石刻東坡文字藁

蜀中石刻東坡文字藁其改竄處甚多玩味之可發學者文思令具注二篇于此乞校正陸贄奏議上進劄子學問日新下云而臣等才有限而道無窮於臣字上塗去而字竊以人臣之獻忠改作納忠方多傳於古人改作古賢又塗去賢字復注人字智如子房而學則過改

學字作文但其不幸所事暗君改所事暗君作仕不遇時德宗以苛察為明改作以苛刻為能以猜忌為術而贄勸之以推誠好用兵而贄以消兵為先好聚財而贄以散財為急後於逐句首皆添注德宗二字治民馭將之方先寫馭兵二字塗去注作治民改過以應天變改作天道遠小人以除民害改作去小人以陛下聖明若得贄在左右則此八年之久可致三代之隆自若字以下十八字並塗去改云必喜贄議論但使聖賢之相契

即如臣主之同時昔漢文聞頗牧之賢改漢文聞三字作馮唐論取其奏議編寫進呈塗去編字却注稍加校正繕五字臣等無任區區愛君憂國感恩思報之心改云臣等不勝區區之意獲鬼章告裕陵文自孰知耘耔之勞而下云昔漢武命將出師而呼韓来廷効于甘露憲宗厲精講武而河湟恢復見于大中後乃悉塗去不用獷彼西羌改作憬彼西戎號稱右臂改作古稱非愛尺寸之疆改作非貪自不以賊遺子孫而下云施于沖

人坐守成筭而遠服之臣阿魯固外服王爵中藏禍心與將鬼章首犯南川後乃自與將而上二十六字並塗去改云而西蕃首領鬼章首犯南川爰敕諸將改作申命諸將盖酬未報之恩改作争酬生擒鬼章改作生獲其下一聯初云報谷吉之冤遠同彊漢雪渭水之耻尚陋有唐亦皆塗去乃用此二事别作一聯云頡利成擒初無渭水之耻郅支授首聊報谷吉之冤末句務在服近而柔遠改作來遠

温公論碑誌

温公論碑誌謂古人有大勳德勒銘鐘鼎藏之宗廟其葬則有豐碑以下棺耳秦漢以来始命文士襃賛功德刻之於石亦謂之碑降及南朝復有銘誌埋之墓中使其人果大賢耶則名聞昭顯衆所稱頌豈待碑誌始為人知若其不賢也雖以巧言麗辭强加采飾徒取譏笑其誰肯信碑猶立於墓道人得見之誌乃藏於壙中自非開發莫之覩也葢公剛方正直深嫉諛墓而云然予

嘗思之藏誌於壙恐古人自有深意韓魏公四代祖葬於趙州五代祖葬於博野子孫避地歷祀綿遠遂忘所在魏公既貴始物色得之而疑信相半乃命儀公祭而開壙各得銘誌然後韓氏翕然取信重加封植而嚴奉之蓋墓道之碑易致移徙使當時不納誌於壙則終無自而知矣故予恐古人作事必有深意藉誌以訣墓則固不可若止書其姓名官職鄉里系以葬歲月而納諸壙觀韓公之事恐亦未可廢也

唐嚴火禁

唐火禁嚴甚罪抵死元微之連昌宮詞敘覔念奴事云須臾覔得又連催特敕街中許然燭街中然燭亦常事至特敕乃許則火禁之嚴可知然吴元濟拒命禁人偶語於塗夜不然燭裴晉公既平蔡遂弛其禁往来者不限晝夜蔡人始知有生之樂而中朝之法亦嚴不知裴公弛禁之後當時又何以處此邪

二唐論宰相

唐質肅公嘗論文潞公燈籠錦而唐林夫坰嘗以新法彈王荊公後人文字間多誤謂父子論宰相為唐氏一門盛事原其致誤之由盖質肅之子淑問林夫之父彥猷詢俱嘗為監察御史唐氏父子皆為臺官則有之至論宰相則非出於一家也

文字用語助

文字中用語助太多或令文氣卑弱典謨訓誥之文其末句初無耶歟者也之辭而渾渾灝灝噩噩列於六經

然後之文人多因難以見巧退之祭十二郎老成文一篇大率皆用助語其最妙處自其信然耶以下至幾何不從汝而死也一段僅三十句凡句尾連用耶字者三連用乎字者三連用也字者四連用矣字者七幾於句句用助辭矣而反覆出没如怒濤驚湍變化不測非妙於文章者安能及此其後歐陽公作醉翁亭記繼之又特盡紆徐不迫之態二公固以為游戲然非大手筆不能也

夏英公四六

歐陽公歸田録載夏英公辭免奉使啓云義不戴天難下穹廬之拜禮當枕塊忍聞異國之音歐陽公稱之其中又有一聯云王姬作館接仇之禮既謙曾子回車勝母之遊遂輟亦不減前語然是時文章方掃除五代鄙陋之習故此等語見稱於時自是而後四六之工蓋十倍於此矣

翟忠惠四六

翟公巽叅政汝文守越以擅免民間和買䌷帛四十餘萬為部使者所劾貶秩公謝表云欲安劉氏無嫌晁氏之危豈若秦人坐視越人之瘠迨去郡郡人安其政將相率投牒借留公知之命取牘以來即書其上云固知京兆姑為五日之留無使稽山復用一錢之送其用事精當若此

四六用事

四六用事固欲切當然雕鐫太過則反傷正氣非出自

然也國初有年八十二而魁大廷者其謝啟云白首窮經少伏生之八歲青雲得路多太公之二年此語殆近乎俳近有士子年十有九以詩賦擢第予為之作啟云年踰賈誼亦濫置於秀林齒少陸機顧何能於文賦盖二者之年齒適相上下也

吳丞相著書

吳元中丞相敏宣和間著中橋見聞録記當時事不敢斥言大抵多為廋語其稱安者謂蔡攸盖攸字居安實

者謂童貫才者謂林靈素或朱勔也他皆類是

嬾真子辨太公名

馬大年永卿著嬾真子録言前漢初去古未遠風俗質略故太公無名母媪無姓然唐宰相世系表叙劉氏所出云豐公生煓字執嘉生四子邦漢高帝也噫高皇之父漢史不載其名而唐史乃載之此事亦可一笑予謂風俗雖質畧安有無姓之理母媪無姓特史逸之爾至於太公之名則漢史已具載按後漢章帝建初七年冬

十月癸丑西巡狩幸長安丙辰祠高廟遂有事十一陵遣使者祠太上皇於萬年注太上皇高祖父也名煓一名執嘉歐陽公盖本此特誤以執嘉爲字然太公之名初非唐史創書之也

晉人言酒猶兵

晉人云酒猶兵也兵可千日而不用不可一日而無備酒可千日而不飲不可一飲而不醉飲流多喜此言予謂此未爲善飲者飲酒之樂常在欲醉未醉時酣暢美

適如在春風和氣中乃為真趣若一飲逕醉酩酊無所知則其樂安在邪東坡和淵明飲酒詩序云吾飲酒至少常以把盞為樂往往頹然坐睡人見其醉而吾中了然盖莫能名其為醉其為醒也在揚州時飲酒過午輒罷客去解衣盤礴終日歡不足而適有餘因和淵明飲酒詩庶幾髣髴其不可名者東坡雖不能多飲而深識酒中之妙如此晉人正以不知其趣濡首腐脇顛倒狂迷反為所累故東坡詩云江左風流人醉中亦求名此

言真可以砭諸賢之肓也

地里指掌圖

今世所傳地里指掌圖不知何人所作其考究精詳詮次有法上下數千百年一覽而盡非博學洽聞者不能為自足以傳遠然必託之東坡其序亦云東坡所為觀其文淺陋乃舉子綴緝對策手段東坡安有此語最後有本朝陞改廢置州郡一圖乃有崇寧以後迄于建炎紹興所廢置者此豈出于東坡之手哉

大觀廷策士

大觀三年徽宗臨軒策士賜賈公安宅以下六百八十八人及第時方行三舍法先一歲辟雍會試郡國貢士凡數千人其升諸司馬命于天子者僅百有四十人而吾州至三十有二人為天下最其用他州户籍而登名者又不止是徽宗大喜命推賞守臣教官下詔曰學校興崇人材樂育法備令具勸懲已行深慮有司失實尚有遺材傳不云乎進賢受上賞蔽賢蒙顯戮聞前日賓

興之數校其試中多寡惟常州為衆苟依常格推恩非古人尚賞之意其知州教授特與轉一官於是知州事若蒙進官朝請大夫州學教授處遷宣德郎諸生相與刻詔書于石而信安程子山（俱）為之碑是牓晉陵張氏（宰案後改名宜宇）無錫李氏（上行端行）兄弟皆中選初張氏崇寧中參政公（守）既擢第至是三兄弟又同升而弟泰州通判（寔）復以上舍試禮部中優等偶戾式被駁於是郡太守徐公（伸）取靈椿一株老丹桂五枝芳之句牓其閭曰椿

桂坊是舉也邦人仕于朝者多知名宦達者踵相躡先大父諱肅亦是歲貢士也高宗開大元帥府於鄆實在餽運幕中後駐蹕廣陵首召入館館罷歸隱錫山建炎末樞密富公直柔為中執法以先大父及參政陳公與義中書舍人張公闕名論薦高宗記憶先大父姓名亟加收召二公既赴闕並躋顯用而先大父獨不起參政張公守累書勉諭卒不行天下高之建炎名札令名儒鉅公嘉尚清節題跋盈軸云

青唐燕山邊費

先大父有手記云余靖康丁未正月六日被隨軍漕撒差專一主管受給兵馬大元帥府犒軍金帛錢物二十萬貫匹兩因見梁正夫說收復燕山時童貫於瓦橋置司朝廷支一百萬貫匹兩犒軍曰降賜庫而河朔諸郡助軍之數不與焉是時呂元直為河北轉運使以本司錢四十萬緡獻之貫顧呂公笑曰此甚微末公以為功耶貫昨收復青唐時朝廷支降一千八百萬貫辟置官

屬六百餘員每一次犒賞得金盃重五十兩者比比皆是至結局第功上等轉五官陞五職其下增秩亦如之

道鄉記毗陵後河

吾州道鄉先生書郡中後河興廢曰郡城中所謂後河者乃舊守國子博士李公餘慶創開李公精地理誘率上户共成此河且曰自此文風寖盛士人相繼登高科三十年當有魁天下者爾之子孫咸有望焉河成未幾學者果盛已而紫微錢公公輔登第為第三右丞胡公

宗愈繼為第二吏部余公中遂魁天下其去河成之日適三十年蓋熙寧癸丑也自後瀕河之民多侵岸為屋及棄物水中由是堙塞久不通舟崇寧初年給事中朱公彦出守於此詢究利病得其實於是濬而通之向之形勝復出矣今給事中霍公端友遂於次年魁天下士是歲歲在癸未去熙寧癸丑適又三十年霍氏居河上滸河勢曲折朝揖其門鍾聚秀氣世有名人今知太平州霍公漢英與其姪給事數十年間相望起東南為時

顯用然則形勝之助孰謂不可信乎李公葬州之横山民病痞者取其墳土服之輙愈今朝散郎撰乃其孫也右道鄉所記詳悉如此盖有望于後之人是河自羅城南水門分荆溪之流經月斜金斗顧塘葛橋至于土橋以入于漕渠近歲堙塞將成通衢矣至淳熙十四年林太守祖洽始復浚之

江西長老

紹興末江西一僧忘其名住饒州薦福寺寺傍舊多隙地寖為人侵漁僧自度力不能制乃謂其徒曰寺有主

者所以主張是寺也坐視地爲他人有而不能直焉用主者爲吾甚愧之今當去矣即陞座鳴皷集衆高吟曰江南江北水雲鄉千頃蘆花未肴霜好景不將零碎賣一時分付謝三郎遂閉目不語衆愕眙視之已逝矣

石刻多失真

石刻多失真者非惟摹搨肥瘠差謬而已至於刊造之際人但知深刻可以傳遠設若所書字本清勁鐫刻稍深則打成墨本紙必陷入泪裝褫既平以書丹筆畫較

之往往過元本倍蓰此大弊也歐陽公記李陽氷書忘歸臺銘等三碑比陽氷平生所篆最細瘦世言此三石皆活歲久漸生刻處幾合故細爾後之建碑者儻遇此等石則其失真尤可知矣

唐藩鎮傳叙

或云歐陽公取新唐書列傳令子叔弼讀而卧聽之至藩鎮傳叙歎曰若皆如此傳叙筆力亦不可及此恐未必然藩鎮傳叙乃全用杜牧之罪言耳政如項羽傳贊

掇取賈生過秦論故奇崛可觀而非遷固之文也

退之贈李愿詩

退之贈李愿詩云往取將相酬恩讎夫得時得位而至將相平生所學政欲施用顧乃悻悻然爲酬恩讎設邪古人謂一飯之德必償睚眦之怨必報誠淺薄之論退之亦爲此言何也

張橫浦讀書

張侍郎九成謫南安病目執書倚柱向明而觀者凡十

四年歲月既久塼上雙趺隱然洎北歸乃書此事於柱後人為刻之

楚詞落英

王荆公有黄昏風雨满園林籬菊飄零满地金之句歐陽公曰百花盡落獨菊枝上枯耳因戲曰秋英不比春花落為報詩人子細吟荆公聞之引楚詞夕餐秋菊之落英為据予按訪落詩訪予落止毛氏曰落始也爾雅俶落權輿始也郭景純亦引訪予落止為注然則楚詞

之意乃謂擷菊之始英者爾東坡戲章質夫寄酒不至詩云謾遶東籬嗅落英其義亦然

米元章拜石

米元章守濡須聞有怪石在河壖莫知其所自來人以為異而不敢取公命移至州治為燕遊之玩石至而驚遽命設席拜於庭下曰吾欲見石兄二十年矣言者以為罪坐是罷去其後竹坡周少隱過是郡見石而感之為賦詩其略曰喚錢作兄真可憐喚石作兄無乃賢望

塵雅拜良可笑米公拜石不同調云

孟子之平陸

孟子之平陸與其大夫言反復再四至言之齊王處然後盡出其姓名首尾相避森然簡嚴此文章之法也

叵字

叵字乃不可二合其義亦然史傳多連用叵可字盖重出如安禄山傳叵可忍之類是也

論書畫

書與畫皆一技耳前輩多能之特游戲其間後之好事
者爭譽其工而未知所以取書畫之法也夫論書當論
氣節論畫當論風味凡其人持身之端方立朝之剛正
下筆為書得之者自應生敬況其字畫之工哉至於學
問文章之餘寫出無聲之詩玩其蕭然筆墨閒足以想
見其人此乃可寶而流俗不問何人見用筆稍佳者則
珍藏之苟非其人特一畫工所能何足貴也如崇寧大
臣以書名者後人往往唾去而東坡所作枯木竹石萬

金爭售顧非以其人而輕重哉蓄書畫者當以予言而
求之

梁谿漫志卷六

梁谿漫志卷七

宋 費袞 撰

作詩押韻

作詩押韻是一奇荆公東坡魯直押韻最工而東坡尤精於次韻往返數四愈出愈奇如作梅詩雪詩押暾字叉字在徐州與喬太博唱和押粲字數詩特工荆公和叉字數首魯直和粲字數首亦皆傑出盖其胸中有數

萬卷書左抽右取皆出自然初不着意要尋好韻而韻與意會語皆渾成此所以為好若拘於用韻必有牽强處則害一篇之意亦何足稱坡在嶺外和淵明懷古田舍詩云休閑等一味妄想生愧靦自注云淵明本用緬字今聊取其同音字和程正輔同游白水巖詩云惄傾白蜜收五稜細斸黄土栽三椏自注云来詩本用⿰石亞字惠州無書不見此字所出故且從木奉和且東坡欲和此二韻似亦不難矣然才覺牽合則寧捨之不以是而

壞此篇之全意也後人不曉此理纔到和韻處以不勝人為耻必劇力冥搜縱不可使亦須强押正如醉人語言全無倫類可以一笑也

詩人詠史

詩人詠史最難須要在作史者不到處別生眼目正如斷案不為胥吏所欺一兩語中須能說出本情使後人看之便是一篇史贊此非具眼者不能自唐以來本朝詩人最工為之如張安道題歌風臺荆公詠范增張良

揚雄東坡題醉眠亭雪谿乘興四明狂客荊軻等詩皆其見處高遠以大議論發之於詩汪遵讀秦史章碣題焚書坑二詩亦甚佳至如世所傳胡曾詠史詩一編只是史語上轉耳初無見處也青社許表民讀項羽傳作詩云眼中謾說重瞳子不見山河遶雍州其識見亦甚高遠

作詩當以學

作詩當以學不當以才詩非文比若不曾學則終不近

詩古人或以文名一世而詩不工者皆以才為詩故也退之一出餘事作詩人之語後人至謂其詩為押韻之文後山謂曾子固不能詩秦少游詩如詞者亦皆以其才為之也故雖有華言巧語要非本色大凡作詩以才而不以學者正如揚雄求合六經費盡工夫造盡言語畢竟不似

詩作豪語

詩作豪語當視其所養非執筆經營者可能馬子才作

浩齋歌似亦豪矣反覆觀之雕刻工多意隨語盡予謂孟子七篇乃真浩齋歌也歐公作廬山高氣象壯偉殆與此山争雄非公胷中有廬山孰能至此郭功甫作金山行前輩多稱之雖極力造語而終窘邊幅信乎不可强也

東坡論石曼卿紅梅詩

東坡嘗見石曼卿紅梅詩云認桃無緑葉辨杏有青枝曰此至陋語蓋村學中體也故東坡作詩力去此弊其

觀畫詩云論畫以形似見與兒童鄰賦詩必此詩定知非詩人此言可為論畫作詩之法也世之淺近者不知此理做月詩便說明做雪詩便說白間有不用此等語便笑其不着題此風晚唐人尤甚坡嘗作謝賜御書詩敘天下無事四方畢服可以從容翰墨之意末篇云露布朝馳玉關塞捷書夜到甘泉宮又云文思天子師文母終閉玉關辭馬武小臣願對紫薇花試草尺書招贊普蓋因事諷諫三百篇之義也而或者笑之曰有甚道

理後說到陝西獻捷此豈可與論詩若使渠為之定祗做一首寫字詩矣

東坡放魚詩

東坡和潛師放魚詩云況逢孟簡對盧仝不怕校人欺子美或云校人乃欺子產非子美也豈少陵曾用校人事遂直以為子美邪予按左氏杜預注子產一字子美

東坡雪詩

東坡雪詩五更曉色來書幌半夜寒聲落畫簷或疑五

更自應有曉色亦何必雪盖誤認五更字此所謂五更者甲夜至戊夜爾自昏達旦皆若曉色非雪而何此語初若平易而實新奇前人未嘗道也

王逢原孔融詩

王逢原孔融詩云戲撩虎鬚求不齧何如縮手袖中歸虛云坐上客常滿許下惟聞哭習脂按漢書融被害莫敢收者惟京兆脂習哭之而逢原乃作習脂讀書鹵莽不自點檢顚點檢孔文舉又嘗作嚴子陵詩譏切其隱

文舉一世豪傑姦雄所憚而不敢動而顧使之歸子陵傲睨萬物帝王所不能臣而顧使之仕逢原之顛倒類如此可發後世君子之一笑

潘邠老重陽句

謝無逸嘗從潘邠老求近作邠老荅曰秋來景物件件是佳句恨為俗氛所蔽昨日清卧聞攪林風雨聲欣然起題其壁曰滿城風雨近重陽忽催租人至遂敗意止此一句奉寄予謂邠老之興正易敗也阮籍為竹林之

游王戎後至籍戲之曰俗物已復來敗人意戎笑曰如卿輩意復易敗耳此足見戎之高致若使予聞秋聲得句方題壁間不知天地之大秋毫之小何催租人能敗邪賈島鍊敲推字至衝京尹節而不知此正得詩興之深者

孟東野詩

自六朝詩人以來古淡之風衰流為綺靡至唐為尤甚退之一世豪傑而亦不能自脫於習俗東野獨一洗衆

陋其詩高妙簡古力追漢魏作者政如倡優雜沓前陳衆所趨奔而有大人君子垂紳正笏屹然中立此退之所以深嘉屢歎而謂其不可及也然亦恨其太過盖矯世不得不爾當時獨李習之見與退之合後世不解此意但見退之稱道東野過實争先譏誚東野反為退之所累惜乎無有原其本意者也

唐詩工靡麗

唐人詩偏工靡麗雖李太白亦十句九句言婦人其後

王建元稹韓偓之徒皆然如裴說者蓋未嘗以詩名至
作寄邊衣詩則美麗可喜蓋當時詞章習尚如此故人
人能道此等語也

張文潛詩

張文潛詩云春波一眼去晁寒梟無咎稱之至東坡則
云春風在流水鳧鴈先拍拍有無盡藏之春意

詩人用字

王平甫詩云山月入松金破碎其流蓋出於退之竹影

金瑣碎之句然斜陽映竹則交加亂射若相瑣然故於瑣字為宜至於月華散漫松影在地則破字佳詩人用字皆不苟也

杜少陵悶詩

杜少陵作悶詩云捲簾惟白水隱几亦青山或曰人之好惡固自不同若使吾居此當卒以樂死矣予以為不然人心憂鬱則所觸而皆悶其心和平則何適而非快青山白水本是樂處苟其中不快則慘澹蒼莽適足以

增悶耳少陵又有詩云感時花濺淚恨別鳥驚心花鳥本是平時可喜之物而抑鬱如此者亦以觸目有感所遇之時異耳

方言入詩

方言可以入詩吳中以八月露下而雨謂之淋露九月霜降而雲謂之護霜竹坡周少隱有句云雨細方淋露雲疎欲護霜方言又有勃姑鵓舅槐花黃舉子忙促織鳴嬾婦驚之類詩人皆用之大抵多吳語也

明妃曲

古今人作明妃曲多矣皆道其思歸之意歐陽公作兩篇語固傑出然大槩亦歸於幽怨白樂天有絶句云漢使若回煩寄語黄金何日贖蛾眉君王若問妾顔色莫道不如宫裏時其措意頗新然問黄金何日贖蛾眉則亦寓思歸之意要當言其志在為國和戎而不以身之流落為念則詩人之旨也

陳子高觀寧王進史圖詩

陳子高觀寧王進史圖作詩云汗簡不知天上事至尊新納壽王妃世稱其工然太露筋骨矣李義山驪山詩云平明每幸長生殿不從金輿祇壽王此則婉而有味春秋之稱也

陳輔之論林和靖梅詩

陳輔之云林和靖疏影橫斜水清淺暗香浮動月黄昏殆似野薔薇是未爲知詩者予嘗踏月水邊見梅影在地踈瘦清絕熟味此詩真能與梅傳神也野薔薇叢生

初無疎影花陰散蔓烏得横斜也哉

張芸叟詞

張芸叟詞云回首夕陽紅盡處應是長安人喜誦之欒天題岳陽樓詩云春岍緑時連夢澤夕波紅處近長安蓋芸叟用此換骨也

詩人相呼

古者風俗淳厚朋友相呼以名至唐詩人猶以名相呼或直呼其行而不忌如杜子美贈李太白詩而云白也

詩無敵之類是已直呼其行者尤多今人閒呼其名其不怒罵者幾希至於文字間欲呼其行或繼之以丈或繼之以兄或繼之以官亦未嘗敢徒呼其行也

禁東坡文

宣和間申禁東坡文字甚嚴有士人竊攜坡集出城為閽者所獲執送有司見集後有一詩云文星落處天地泣此老已亡吾道窮才力謾超生仲達功名猶忌死姚崇人間便覺無清氣海内何曾識古風平日萬篇誰愛

惜六丁收拾上瑶宫京尹義其人且畏累已因陰縱之

王左丞同名詩

王履道左丞安中在京師見何人家亭上題字筆勢灑落不著姓而其名則安中也王驚問何人所書守者曰此何安中亦河朔人也王以與已名同恐人莫之辨戲書一詩於其後云蜀客更名縁好尚漢臣書姓為同官孟公自合名驚座子夏尤宜便小冠孟號文章縁兩李翊書制誥有諸韓二元各自分南北付與時人子細看

終篇皆用同名事云

雍孝聞

雍孝聞蜀人崇寧間廷試對策力詆時政闕失駮放後雖授以右列然卒不仕浪迹山林遂遇異人得道政和末變姓名為道士入內說法徽宗謂其得林靈素之半因賜姓木更名廣莫竟不知其為孝聞也孝聞嘗自詠云百萬人中隱一身深如勺水在滄溟獨醒自負賢人酒天濶難尋處士星照影自憐湖水碧高吟贏得蜀山

青城南老樹如相問不枉飜空過洞庭

二州酒名

叙州本戎州也老杜戎州詩云重碧傾春酒輕紅擘荔

枝今叙州公醖遂名以重碧東坡在齊安有春江緑漲

蒲萄醅之句靖康初元韓子蒼舍人騎作守有旨添賜

郡醸因名其庫曰蒲萄醅仍有詩云孤臣政術不堪論

尚得君王賜酒尊父老異時傳盛事蒲萄醅熟記初元

三處西湖

三處皆有西湖東坡連鎮二州故表謝云入參兩禁每玷北扉之榮出典二邦輒為西湖之長晚謫惠州州有豐湖亦名西湖淳熙中祕書楊監萬里使廣東過惠游豐湖賦詩云三處西湖一色秋錢塘潁水更羅浮東坡元是西湖長不到羅浮便得休

毗陵二畫

吾州天慶觀畫龍太平寺畫水勝絕之筆聞於天下凡四方來者道出毗陵必迂路而觀焉龍蓋姑蘇道士李懷

仁所畫懷仁者酒豪不羈嘗呼龍松江之上狎而觀之遂畫龍入神品過毗陵天慶觀大醉索墨漿數斗曳苕帚裂巾袂濡墨號呼奮躑斯須龍成觀者失聲辟易懼將攫也懷仁後不知所終而好事者每呼畫工就龍模寫工運筆之際輒眩暈欲仆竟不能成觀者駭異水則郡人徐友畫清濟貫河一筆紆遶長數十丈不斷却立而觀濤瀾洶涌目為之眩仰首近之凜然若飛流之濺於面也郡人吳德輝因與客論近世名畫曰予每至畫

龍處輒諦玩彌時不能休乃賦古風曰道人龍中來醉
與神物會寫茲蜿蜒質日月為冥晦崩騰江海姿素壁
起濤瀨呼吸見雌雄抉石疑可碎蕭森殿陰古衆真儼
飛旆注觀恐騰躍夜半失像繪飛光著明珠靈袛一何
怪爛爛照甍棟那得久在外偷兒伺酣睡不怕嬰鱗害
願言慎所托未用期一快淳熙戊戌楊誠齋為太守過
太平寺為賦晝水長句曰太平古寺劫灰餘夕陽惟照
一塔孤得得來看還不樂竹莖荒處破殿虛偶逢老僧

聽僧話道是壁間留古畫徐生絶筆今百年祖師相傳

妙天下壁如雪色一丈許徐生畫水纔盈堵横看側看

只麼是分明是畫不是水中有清濟一線波横貫萬里

濁浪之黄河雷奔電卷盧渠猛獨清元自不隨它波瀾

盡處忽掀怒攪動一河秋水暮分明是水不是畫老眼

向來元自誤佛廬化作金栬樓銀山雪堆風打頭是身

飄然在中流奪得太一蓮葉舟僧言此畫難再覓官歸

江西却相憶并州翦刀翦不得鵞溪疋絹官莫惜貌取

秋濤懸坐側是二畫為一郡之勝處而二公又形之賦詠間真足以傳不朽矣

畫水

東坡作文與可畫篔簹谷偃竹記云畫竹必先得成竹於胸中執筆熟視乃見其所欲畫者急起從之振筆直遂以追其所見如兔起鶻落少縱則逝矣與可之教予如此此固作畫之法然不惟竹也畫水亦然坡嘗記蜀人孫知微欲於大慈寺壽寧院壁作湖灘水石四堵營

度經歲終不肯下筆一日倉皇入寺索筆墨甚急奮袂如風須臾而成作輸瀉跳蹙之勢洶洶欲崩屋也以此言之則心手相應之際間不容髮非若樓臺人物可以款曲運筆經日而成也予嘗疑少陵王宰畫山水圖歌云十日畫一水五日畫一石能事不受相促迫王宰始肯留真迹此殆是言王宰之畫不易得當聽其累日經營不可促迫之意爾其歌有云巴陵洞庭日本東赤岸水與銀河通中有雲氣隨飛龍舟人漁子入浦漵山木

畫亞洪濤風觀其氣勢如此則筆所未到氣已吞食頃

已爲久若必俟十日乃成則其畫不足觀矣

梁谿漫志卷七

梁谿漫志卷八

宋 費袞 撰

蘇子美與歐陽公書

蘇子美奏邸之獄當時小人借此以傾杜祁公范文正同時貶逐者皆名士姦人致有一網打盡之語獨韓魏公趙康靖論捄之而不能回也其得罪在慶歷四年之十一月時歐陽公按察河北子美貽書自辨於公詞極

憤激而集中不載今録于此以補史所遺者云舜欽再
拜冬凜伏惟按部外起居安裕前月嘗拜書甚踈略必
已通呈舜欽不曉世病蹈此禍機雖為知己者羞而内
省實無所愧恐流言奉惑不避縷述自杜丈入相已來
羣公日相攻謗非一端也九月末間嘗與子漸勝之邸
中小飲之翰君謩見過勝之言論之間時有高處二諫
因與之辨析本皆戲謔又無過言此亦吾曹常事不一
二日朝中諠然以謂謗及時政吁可駭也故臺中奏疏

趙祐怒二諫嘗論其不才故也天子辨其誣不下其削臺中鬱然不快無所洩憤因本院神會又意君謩預焉時君謩與赴會諸君同出館過邸門於是再削其削亦留中不出諸臺益忿重以穢瀆之語上聞列章牆進取必於君知二相膽薄畏事必不敢開口以辨既而起獄震動都邑又使刻薄之吏當之陶翼本憲長所舉中人追押席客皆翼之請也希望沽激深致其文枷掠妓人無所不至設有自誣者則席賓皆遭汙辱矣且進邸神會比年皆然亦嘗上聞蓋是公宴臺中謂去端闈不遠以

榷貨務較之孰近（榷務後郎中兩日作會甚盛）若謂費用過當以商
税院比之孰多舜欽或非時為會聚集不肖則是可責
也原叔濟叔輩皆當世雅才朝廷尊用之人因事燕集
安足為過責故紙錢舊已奏聞本院自來支使判署文
記前後甚明況都下他局亦然（不係諸處帳管）比之外郡雜收
錢豈有異也（外郡於官地種物收利之類甚多下至糞土柴蒿之物往往取之以助筵會）當
時本惡於胥吏輩率醵過多遂與同官各出俸錢外更
於其錢中支與相兼皆是祠祭燕會上下飲食共費之

今以監主自盜定罪減死一等科斷使除名為民與貪吏掊官物入己者一同始府中敕斷追兩官罰銅二十斤後六中府中復遣吏來取出身文字殊不曉閤下觀其事察其情豈當然乎舜欽雖不足惜為國計者豈不惜法乎自有他條不用私貸官物有文記準盜論不至除名判署者五匹杖九十其法甚輕當刑者自為重輕不由二府苟務快意壞亂典刑丁度怒京兆不遂之翰也二相恐栗縮自保其位心知非是不肯開言上有怒意皆不敢承當復令坐客因飲食被刑斥逐奔竄銜憤瀝血無人哀矜名辱身冤為讎者所快輦轂之下

尚爾遠民寃濫孰肯更為辨之近者葛宗古滕宗諒張亢所用官錢鉅萬復有入己惟范公横身當之皆得末減非范公私此三人於朝廷大體實有所補多矣國朝本以仁愛撫天下常用寛典今一旦臺中畜私憾結黨繩小過以陷人審刑持深文以逞志傷本朝仁厚之風當塗者得不疾首而歎息也舜欽年將四十矣齒揺髪蒼才為大理評事廩禄所入不足充衣食性復不能與凶邪之人相就近今得脱去仕籍非不幸也自以所學

教後生作商賈於世必未至餓死故當緘口遠遁不復更云但以遭此構陷累及他人故憤懣之氣不能自平時復嶸㠏於胷中一夕三起茫然天地間無所赴愬天子仁聖必不容姦吏之如此但舉朝無一言以辨之此可悲也（掖垣諸君列章論舘中人此自古未有唯趙叔平不署且有劄極言辨之可重可重）舜欽素為永叔獎愛故粗寫大槩幸觀過而見察也苦寒伏望保重不宣舜欽再拜歐陽公書其後云子美可哀吾恨不能為之言又聯書一行云子美可哀吾恨不能言

蓋公已自諫省出矣予近見子美墨迹一卷皆自書其所作詩行草爛然龍蛇飛動其中有獨酌一詩云一酌澆腸俗慮奔鷄𪇆微鵬大豈堪論楚靈當日能知此肯入滄江作旅魂卷尾題云慶歷乙酉十月書于姑蘇驛舍考其時蓋是被罪之明年居滄浪時所書其詩語閒放曠達如此或謂流落幽憂以終非也

陳少陽遺文

陳少陽遺其家書南徐刻本以傳人多知之而其為文

世所罕見胡蒼梧嘗得其跋蔡君謨茶録予惜其流落不傳為載于此少陽跋云余聞之先生長者君謨初為閩漕時出意造密雲小團為貢物富鄭公聞之歎曰此僕妾愛其主之事耳不意君謨亦復為此余時為兒聞此語亦知感慕及見茶録石本惜君謨不移此筆書旅獒一篇以進

韓蘄王詞

紹興間韓蘄王自樞密使就第放浪湖山匹馬數童飄然

意行一日至湖上遥望蘇仲虎尚書宴客蘄王徑造其席喜甚醉歸翌日折簡謝餉以羊羔且作二詞手書以贈蘇公緘藏之親題其上云二闋三紙勿亂動淳熈丁未蘇公之子壽父山丞太府攜以示蘄王長子莊敏公莊敏以示予字畫殊傾欹然其詞乃林下道人語莊敏云先人生長兵間不解書晚年乃稍稍能之耳其一詞臨江仙云冬看山林蕭疎淨春來地潤花濃少年衰老與山同世間爭名利富貴與貧窮榮貴非干長生藥清

間是不死門風勸君識取主人公單方只一味盡在不言中其一南鄉子云人有幾何般富貴榮華總是閒自古英雄都如夢為官寶玉妻男宿業纏年邁衰殘鬢髮蒼浪骨髓乾不道山林有好處貪歡只恐癡迷誤了賢世忠上

列女守節

中興死節之士固不乏而女子守節者亦多有之洪鴻父羽之女適滎昌焦洧一日遇巨盜於江中欲逼之女

義不受汙投江而死兩侍兒大曰宜恩小曰均奴姓吳
氏女兄弟也俱有色藝亦相隨赴水死焦之甥徐伯
遠傳其事竹坡周少隱為之賦二詩云就死由來不自
疑玉顏那為賊鋒低了知今日投淵婦猶勝當年斷臂
妻鐵騎駸駸戰艦驕春江漫漫濕金翹但將紅袖供歌
舞却為周郎笑二喬丁文簡公五世孫女世為鄭州新
鄭縣人年十六嫁進士張晉卿靖康中與其夫避地大
隗山兵至丁被擒挾之上馬丁投地以醜語詆之且曰

我寧死耳誓不辱於汝輩也兵始亦不怒但屢扶上馬丁罵不已乃忿然瞋目遂絶於梃下晏元憲公四世孫女其父孝廣為鄧州南陽縣尉女小字師姑年十五從叔孝純官于廣陵建炎三年陷于敵係以北去每欲侵陵之輒擲身于地僵仆氣絶或自經或投于井皆救而獲免其主母愛之撫育如己出國中爭傳誇焉又有陳氏女其父壽隆紹興初為湖北提刑卒於官其子造之挈妹至吳欲適吕丞相之子舟至焦山遇賊其家被害

賊欲逼女力拒之大聲呼其嫂曰不如俱投江俾此身明白無為賊辱因躍入水死其屍浮數里不沒賊怒因撞以矛乃沒女時年十四洪氏事周少隱既賦詩闕子東注亦寫之樂府丁晏二事則朱少章幷奉使歸奏之陳氏事則故老為予言古今烈女史官不及知而湮滅無傳者何可勝數是以表而出之

改德士頌

宣和庚子改僧為德士一時浮屠有以違命被罪者獨

一長老遽上表乞入道其辭有習西域之風教忘父母之髮膚儻得回心而向道便更合掌以擎拳等語彼方外之人乃隨時迎合如此亦可怪也又一長老道行甚高或戲之曰戴冠兒穩否荅曰幸有一片閒田地此意甚微婉直以為游戲耳時饒德操已為僧因作改德士頌云自知披衲非華我故欲毀形從道人聖主如天苦憐憫復令加我舊冠巾舊說螟蛉逢蜾蠃異時蝴蝶夢莊周世間化物渾如夢夢裏惺惺却自由德士舊嘗稱

進士黃冠初不異儒冠種種是名名是假世人誰不被名謾衲子紛紛惱不禁倚松傳與法安心缾盤釵釧形雖異還我從來一色金小年曾着書生帽老大當簪德士冠此身無我亦無物三教從來處處安

英雄先見

古之英雄智略相當其所以為勝負者無他正如奕棋特爭先法耳曹操赤壁敗歸道經華容地多蘆葦先使老弱踐之以過曰劉備智過人而見事遲若使人縱火

吾屬無類矣王稽載范雎入秦值穰侯行郡邑雎匿車中穰侯果謂王稽曰謁君得無與諸侯客子俱來乎無益徒亂人國耳王稽曰不敢即别去范雎曰吾聞穰侯智士也其見事遲鄉者疑車中有人忘索之於是范雎下車走曰此必悔之行十餘里果使騎還索車中無客乃已且穰侯既疑有人當即索之投機之會間不容髮顧而復來則已墮雎計中矣後人論曹操劉備之强弱穰侯范雎之成敗不必求諸他止觀此二事足矣

樹稼靈詮誤

唐會要開元二十九年冬十月京城寒甚凝霜封樹學者以為春秋雨木氷即是亦名樹介言其象介冑也寧王見而嘆曰此所謂樹架者也諺云樹架達官怕必有大臣當之吾其死矣新唐書五行志記永徽年凝凍封樹引劉向語亦謂之樹介而舊唐書作樹稼白樂天樂府新豐折臂翁云君不見開元宰相宋開府不賞邊功防黷武注云開元初突厥數寇邊天武軍子將郝雲岑

斬馘獻首闕下自謂有不世之功時宋璟爲相以天子好武恐徼功者生心痛抑其賞逾年始授郎將雲岑遂慟哭嘔血而死按此則名雲岑而舊唐書作靈儉新唐書作靈佺資治通鑑作靈荃考異中亦無之

陸宣公裒方書

陸宣公在忠州裒方書以度日非特假此以避禍蓋君子之存心無所不用其至也前輩名士往往能醫非惟衛生亦可及物而令人反恥言之近時士大夫家藏方

或集驗方流布甚廣皆仁人之用心本草單方近已刻於四明然唐人及本朝諸公文集雜說中名方尚多未見有類而傳之者予屢欲為之恨藏書不廣儻有能用予言集以傳諸人亦濟物之一端也

藥方傳人

有蓄藥方之驗者可傳諸人得飲食之法者不可傳諸人非謂自珍口腹之奉也蓋傳人以藥則能衞生教人飲食則必傷生君子以仁存心故不當爾而世人有疾

病得名方而愈者往往祕藏不肯示人至於烹物命以資匕筯一有適口則夸詫廣坐人人相效所殺不勝計其用心相反如此得無謬誤乎

聞見後錄論田横

邵公濟(博)著聞見後録云田横居萬里海外高祖必欲其來不則發兵誅之四皓近在商山以高祖之暴而不能致盖四皓振世之豪與高祖同高祖已帝則可隱矣故高祖全之非不能屈也大父康節云公濟之說如此

予竊以為不然方高帝時羣雄逐鹿惟田横最得人心至從海島者五百人蹈死不變其得士可知矣高帝汲汲欲其來萬里召之豈真有意於招賢人哉其意謂同心協力數百人萃於一國彼豈終帖帖者邪外以禮誘之終以兵脅之必使之死而後已此高帝本心也若夫四皓則高帝視之邈然其於進退初無益於漢之成敗當時逃秦人皆此徒耳漢初無輕重於其間也其後為太子羽翼適會高帝勢有不可又叔孫通之徒爭之力

故子房倡爲上素高此四人之語以遮當世耳目而邵氏獨以道里遠近爲言又謂康節之説如此豈其然耶

程文簡碑誌

聞見後録又云某公在章獻明肅后垂箔日密進唐武氏七廟圖后怒抵之地曰我不作負祖宗事仁皇帝解之曰某但欲爲忠耳后既上賓仁皇帝每曰某心行不佳後竟除平章事蓋仁皇帝甚德而度不念舊惡故也自某公死某公爲碑誌極其稱贊天下無復知其事者

矣其公受潤筆帛五千端云予按頹濱龍川畧志載進七廟圖乃程文簡也夫善惡之實公議不能掩所謂史官不記天下亦皆記之矣然程公墓誌神道碑皆歐陽公所為凡碑誌等文或被旨而作或因其子孫之請揚善掩惡理亦宜然至於是是非非則天下自有公論歐陽公一世正人而謂受潤筆帛五千端人不信也

稱象出牛之智

智之端人皆有之惟智過人者能發其端後人觸類而

長之無所不可魏曹沖五六歲有成人之智孫權曾致巨象曹操欲知其重沖曰置象大船之上而刻其水痕所至稱物而載之則校可知矣操大悦而行之本朝河中府浮梁用鐵牛八維之一牛且數萬斤治平中水暴漲絶梁牽牛没於河募能出之者真定府僧懷丙以二大舟實土夾牛維之用大木為權衡狀鈎牛徐去其土舟浮牛出轉運使張燾以聞賜以紫衣此盖因曹沖之遺意也

士人祈閒適

有士人貧甚夜則露香祈天益久不懈一夕方正襟焚香忽聞空中神人語曰帝憫汝誠使我問汝何所欲士荅曰某之所欲甚微非敢過望但願此生衣食粗足逍遥山間水濵以終其身足矣神人大笑曰此上界神仙之樂汝何從得之若求富貴則可矣予因歷數古人極貴念歸而終不能遂志者比比皆是蓋天之靳惜清樂百倍於功名爵禄也

蔡絛著書

蔡絛姦人助其父為惡者也特以在兄弟間粗親翰墨且嘗上書論諫故在當時稍竊名著書甚多大抵以姦言文其父子之過此固不足怪至談叢所載其家倖幸濫賞可醜可羞之事反皆大書特書以為榮此乃竄南荒時所作至是猶不悟真小人而無忌憚者哉

梁谿漫志卷八

欽定四庫全書

梁谿漫志卷九

宋 費袞 撰

劉高尚事

劉高尚者濱州安定人家世為農生九歲不茹葷後稍稍不語問以事則書而對其語初若不可曉已而輒驗家人為築別室以居久之言皆響應遠近以為神聲聞京師徽宗三使往聘之辭疾不奉詔宣和間賜號高尚

處士而建觀以居其徒因以其號名之靖康之擾棣人白其守使迎高尚守具安車邀之不至一日棄濱而來濱人大恐後二日濱州兵叛屠其城高尚至棣棣人喜守為掃郵傳供帳以舍之高尚見之笑去乃即城隅治舍水傍濱人或持金帛攜家室以就其廬者人往往笑之既而敵兵大至城且陷人之死於兵者以萬數而火不及其居就之者果賴以免敵人見高尚皆下馬羅拜不敢入其里高尚嘗有言曰世之人以嗜欲殺身以貨財殺子

孫以政事殺人以學問文章殺天下後世識者尊為名言鏤板以傳竹坡周少隱既為之傳又推廣其言而為之說曰此佛菩薩老聃莊周之徒所以救溺起死還真之論豈區區為世俗言語文章者所能至哉夫畏塗者十殺一人則父子兄弟相戒必盛卒徒而後敢出焉至於衽席之上飲食之閒其禍有甚於畏塗者而不知戒則是終不知嗜欲之能殺身矣黷貨嗜利之士食厚祿而取民財雖喪亡之禍僅免其身而千金之產不足以

供不肖子一醉之費人禍天殃不在其身而在其後則貨財豈不足以殺其子孫哉秦自商鞅之事孝公始用刑名而李斯之事始皇趙高之事二世皆以是道百年之間天下之人不死於刑而死於兵蓋不知其幾千百萬桑弘羊開利説以中主欲不過欲自售一身而已禍流後世至唐宇文融皇甫鏄之徒皆用其説以取尊位而天下自是數蒙誅求之禍其殺人固無異於以梃與刃行政之弊一至於是豈不痛哉昔人有欲注周易與

本草者或勸其注本草曰注本草誤不過殺一人注周易而誤則其禍道也大矣不然孟子之闢楊墨子雲之詆申韓退之之斥佛老其憂天下後世之意何其深且切哉後世斷章析句背正失理之學與其徒從而和之更相標榜迭相師授以盜名聲而取富貴寖不可救豈非至人之前知知其必有斯禍而為是説乎紫芝聞先生之言嘗私竊以為嗜欲之殺身貨財之殺子孫與夫政事之殺人三者人猶得而知之若夫學問文章殺天

下後世則周公孔子之言也先生農家子未嘗讀書事師而有是言豈神仙中之知道者乎此與夫熊經鳥伸吐故納新區區積歲月之功而欲著名於仙籍者固有間矣

事有專驗於一數

天下事固莫不有數然士大夫或有終身專驗於一數者殆不可曉韓康公行第三發解過省殿試皆第三以元祐三年三月薨皆三數故蘇子容作挽詩云三登慶

歷三人第四入熙寧四輔尊何清源第五微時從人筮窮達其人云公不第五何曰然其人拊掌大笑連稱奇絶因曰公凡遇五即有喜慶何以熙寧五年鄉薦余中牓第五人及第五十五歲隨龍崇寧五年拜相每遷官或生子非五年即五月或五日其驗如此二事不知何故深於數者必能知之

譚命

近世士大夫多喜譚命往往自能推步有精絶者予嘗

見人言日者閲人命葢未始見年月日時同者縱有一二必倡言於人以為異嘗畧計之若生時無同者則一時生一人一日當生十二人以歲計之則有四千三百二十人以一甲子計之止有二十五萬九千二百人而已今祗以一大郡計其户口之數尚不减數十萬况舉天下之大自王公大人以至小民何啻億兆雖明於數者有不能歷算則生時同者必不為少矣其閒王公大人始生之時則必有庶民同時而生者又何貴賤貧富

之不同也此說似有理予不曉命術姑記之以俟深於五行者折衷焉

江陰士人彊記

江陰士人葛君忘其名彊記絶人嘗謁郡守至客次一官人已先在意象軒驁葛敝衣孑孑來揖之殊不顧葛心不平坐良久謂之曰君謁太守亦有衔袖之文乎其人曰然葛請觀之其人素自負出以示葛疾讀一過即以還之曰大好斯須見守俱白事畢葛復前曰某}}敝

之文此官人竊為已有適以為贄者是也使君或不信某請誦之即抗聲誦其文不差一字四座皆愕視此人且雜靳之其人出不意無以自解倉皇卻退歸而慙恚得疾幾死葛浮沉閭里間家傍有民張染肆置簿書識其目葛嘗被酒偶坐其肆信手繙閱一夕民家火作凡所有之物并文書皆燼焉物主競來索數倍責償民無以質驗憂撓不知所出其子謀諸父曰吾聞里中葛秀才天性能記渠昨過吾家嘗閱此籍或能記憶盍以情

扣乎即日父子詣葛言其狀葛笑曰汝家張染肆久吾何從知其數邪民拜且泣葛又笑曰汝以壺酒來當能知之民喜亟歸携酒殽至葛飲畢命取紙筆為疏某月某日某人染某物若干某月某日某人染某物若干凡數百條所書月日姓氏名色丈尺無毫髪差民持歸呼物主讀以示之皆叩頭駭伏胡蒼梧記張文定諸公取相國寺前染簿各記十版此或出於用意故能黙識非若葛之無心而然信天稟記問不可及也邦人至今談

其事云

本草誤

張文潛好食蟹晚苦風痺然嗜蟹如故至劀其肉滿貯巨栝而食之嘗作詩云世言蟹毒甚過食風乃乘風淫為末疾能敗股與肱我讀本草書美惡未有憑筋絶不可理蟹續牢如絙骨萎用蟹補可使無騫崩凡風待火出熱甚風乃騰中炎若遇蟹其快如霜氷俗傳未必妄但恐殊愛憎本草起東漢要之出賢能雖失諒不遠竟

跖終殊稱書生自信書俚說徒營營文潛為此詩殆嗜蟹之僻而為之辨耶抑真信本草也如河豚之目并其子凡血皆有毒食者每剔去之其肉則洗滌數十過俟色如雪方敢烹故梅聖俞詩云烹炰苟失所入喉為鏌鋣而大觀本草乃云河豚性温無毒所謂注本草誤而能殺人者殆此類邪

張文潛粥記

張文潛粥記贈潘邠老云張安道每晨起食粥一大盌

空腹胃虚穀氣便作所補不細又極柔膩與腸腑相得最為飲食之良妙齊和尚說山中僧每將旦一粥甚繫利害如或不食則終日覺臟腑燥渴盖能暢胃氣生津液也今勸人每日食粥以為養生之要必大笑大抵養性命求安樂亦無深遠難知之事正在寢食之間耳或者讀之果笑文潛之說然予觀史記陽虚侯相趙章病太倉公診其脉曰法五日死後十日乃死所以過期者其人嗜粥故中藏實中藏實故過期師言曰安穀者過

期不安穀者不及期由是觀之則文潛之言又似有證後又見東坡一帖云夜坐饑甚吴子野勸食白粥云能推陳致新利膈養胃僧家五更食粥良有以也粥既快美粥後一覺尤不可說尤不可說

著書稱謂

古人文字間於輩行稱謂極嚴凡視予猶父者則名之馬大年嘗論退之作詩名籍徹而字東野則知東野乃其友而籍徹輩則弟子也大觀政和間有達官著書於

歐陽叔弼蘇叔黨皆直名之如曰予見棐言又曰予見過當問之之類此達官於六一東坡既非輩行以前輩著書之法觀之恐不當名其子也

作字提筆法

陳寺丞昱閒樂先生伯修之子也少好學書嘗於閒樂枕屏效米元章筆迹書少陵詩一日元章過閒樂見而驚焉閒樂命出拜元章即使之書喜甚因授以作字提筆之法曰以腕著紙則筆端有指力無臂力也陳問曰

提筆亦可作小楷乎元章笑因顧小史索紙書其所作進黼扆贊表筆畫端謹字如蠅頭而位置規撫皆若大字父子相顧歎服因請其法元章曰此無他惟自今已往每作字時不可一字不提筆久久當自熟矣

何祕監語

蜀人何道夫祕監耕常言一切世間虛幻留之不住將之不去士大夫惟當做留得住將得去底事耳又云官不必高但願衣冠不絕而常為士類家不必富但願衣

食粗足而可以及人道夫平生香火禱祈每及於此樂善者鏤版以傳其言道夫仕宦得任子恩輒先及猶子既歿三子澤皆不及己而德彦德固聯登淳熙丁未進士第紹熙庚戌德方亦決科識者知其為善之報焉

官户雜户

律文有官户雜户良人之名今固無此色人讞議者已不用此律然人罕知其故按唐制凡反逆相坐沒其家為官奴婢反逆家男女及奴婢沒家皆謂之官奴婢男

年十四以下者配司農十五以上者以其年長令遠京邑配嶺南為城奴也一免為番户再免為雜户三免為良人皆因赦宥所及則免之凡免皆因恩言之得降一等二等或直入良人諸律令格式有言官户者是番户雜户之揔號非謂别有一色葢本於此

惟揚澄江

古今稱揚州為惟揚盖掇取禹貢淮海惟揚州之語然此二字殊無義理若謂可用則他州亦可稱惟徐惟青

之類矣又多以江陰為澄江意取謝元暉靜如練之句然元暉作詩初不指此地而言也滁州環城多山故醉翁亭記首言環滁皆山也流俗至以環滁目是邦此尤可笑

戚氏詞

程子山敦厚舍人跋東坡滿庭芳詞云予聞之蘇仲虎云一日有傳此詞以為先生作東坡笑曰吾文章肯以藻繪一香篆槃乎然觀其間如畫堂別是風光及十指

露之語誠非先生肯云子山之說固人所共曉予嘗怪李端叔謂東坡在中山歌者欲試東坡倉卒之才於其側歌戚氏坡笑而頷之邂逅方論穆天子事頗摘其虛誕遂資以應之隨聲隨寫歌竟篇纔點定五六字坐中隨聲擊節終席不間他辭亦不容別進一語臨分曰足以為中山一時盛事然予觀其詞有曰玉龜山東皇靈嬈統羣仙又云争解繡勒香韉又云鸞輅駐蹕又云肆華筵間作脆管鳴絃宛若帝所鈞天又云盡倒瓊壺酒

獻金鼎藥固大椿年又云浩歌暢飲回首塵寰爛熳游玉輦東還東坡御風騎氣下筆真神仙語此等鄙俚猥俗之詞殆是教坊倡優所為雖東坡竈下老婢亦不作此語而顧稱譽若此豈果端叔之言邪恐疑誤後人不可以不辨

薛能詩

野史雜説多有得之傳聞初未嘗攷究其實而相承以為然者世傳秦宗權始為薛能吏坐法笞背薛因唱云

素春鳴秋杖良久不繼因幕吏白事續云烏靴響暮廳乃命決行其後宗權起兵首捕薛令舉前詩因又續云刃飛三赤雪白日落文星遂害之按唐史廣明元年九月忠武大將周岌逐其節度使薛能能將奔襄陽亂兵追殺之先是軍未變秦宗權以許牙將調發至蔡聞能死許州亂託云赴難募蔡兵遂逐刺史據其城因以宗權為蔡州刺史然則能死於許州時宗權自在蔡州安有聯詩被害之事邪雜說中如此類甚多殆不勝掊擊

也

陳子車殉葬

檀弓陳子車死於衛其妻與其家大夫謀以殉葬定而後陳子亢至以告曰夫子疾莫養於下請以殉葬子亢曰以殉葬非禮也雖然則彼疾當養者孰若妻與宰得已則吾欲已不得已則吾欲以二子者之為之也于是弗果用耶律德光之母舒嚕左右有過者多送木葉山殺于按巴堅墓隧中曰為我見先帝于地下後以事怒

大將趙思温使送木葉山思温辭不肯行舒嚕曰汝先帝親信安得不往見之思温對曰親莫如后后何不行舒嚕曰我本欲從先帝于地下以子幼國中多故未能也然可斷吾一臂以送之左右切諫乃斷其一腕而釋思温不殺此二事略同思温雖本中國人然武夫安識前言往行蓋理之所在有不約而同耳

烏江項羽神

和州烏江縣英惠廟其神蓋項羽也靈響昭著紹興辛

已敵犯淮南過廟下駐軍入致禱擲珓數十皆不吉怒甚取火欲焚其廟俄大虺見於神座聳身張口目光射人敵駭怖而出隨聞大聲發于廟後若數百人同時喑嗚叱咤者舉軍震恐即移屯東去竟不敢宿其地云郡上其事於朝詔封神為靈祐王邦人益嚴奉之

二儒為僧

近世儒者絕意聲利飄然游方之外者有二人焉饒節字德操臨川人以文章著名曾子宣丞相禮為上客陳

了翁諸公皆與之游往來襄鄧間始亦有婚宦意遇白崖長老與之語欣然有得嘗令其僕守舍歸見其占對異常怪而問之僕曰守舍無所用心聞鄰寺長老有道行往請一轉語忽爾覺悟身心泰然無他也德操慨然曰汝能是我乃不能何哉徑往白崖問道八日而悟盡發囊槖與其僕祝髮為浮屠德操名如壁僕名如琳遍叅諸方陳了翁闗子開兄弟皆以詩稱美之至江浙樂靈隱山川因挂錫焉琳抱疾德操躬進藥餌既卒盡送終

之義後主襄陽天寧夏均父倪為請疏其畧云無復挾書更逐康成之後何憂成佛不居靈運之先又云豈惟江左公卿盡傾支遁獨有襄陽耆舊未識道安時稱其精當德操自號倚松道人所為詩文皆高邁號倚松集云吴元中丞相之弟名叙字元常亦能詩有水竹清瘦霜松孤之句除南京敦宗院教授未赴忽棄官為僧法名正光歷住萬年國清諸刹晚主衢之烏巨寺一子亦早夭其婦守志不嫁光年益老感疾婦必躬造飲饌以

進積久不懈後元中丞相薨當家無人其祖母韓夫人奏乞元常歸故官詔許之元常迄不就凡住名刹四十年而終

天生對

前人記崔度崔公度王韶王子韶以為的對紹興中馮侍郎檝羅侍御汝檝在朝或戲為語云侍郎侍御檝汝檝無能對者時范檢正同陳檢詳正同俱為二府掾屬徐敦濟康續云檢正檢詳同正同時以為天生此對也

唐重氏族

唐自太宗命高士廉等撰氏族志本惡山東人士崔盧李鄭自矜地望乃更以皇族為首是亦自矜隴西著姓也然魏徵房元齡家皆盛與山東諸族為昏由是舊望不減至顯慶中許敬宗等又升后族為第一等于是益尚門閥諂諛之徒不稱人以官而呼之為郎猶奴之事主盖當時門地高者以此名為貴重宋廣平呼張易之為卿天官侍郎鄭杲謂宋曰中丞奈何卿五郎宋曰以

官言之正當為卿足下非張卿家奴何郎之有楊再思為宰相而呼張昌宗為六郎安祿山兼三鎮節度使而呼李林甫為十郎裴坦之子勛至呼其父為十一郎明皇不以天子為貴而自呼為三郎當時獻五角六張賦者亦呼其君為三郎流弊可駭如此

梁谿漫志卷九

欽定四庫全書

梁谿漫志卷十

宋　費衮　撰

陸鴻漸爲茶所累

人不可偏有所好往往爲所嗜好揜其他長如陸鴻漸本唐之文人達士特以好茶人止稱其能品泉别茶爾所著書甚多曰君臣契三卷源解三十卷江表四姓譜十卷南北人物志十卷吴興歷官記三卷潮州刺史記

一卷茶經三卷占夢三卷然世所傳者特茶經他書皆不傳葢為茶經所揜也鞏縣有瓷偶人號陸鴻漸買十茶器得一鴻漸市人沽茗不利輒灌注之鴻漸嗜茶而終遭困辱嗜好之弊至此獨不可笑乎

范信中

范寥字信中蜀人其名字見山谷集負才豪縱不覊家始饒給從其叔分財一月輒盡之落莫無聊賴欲應科舉人曰若素不習此奈何范曰我第往即以成都第二

名薦送盃縱酒遂毆殺人因亡命改姓名曰花但石盖增損其姓字為廋語遂匿傍郡為園丁久之技癢不能忍書一詩於亭壁主人見之愕然曰若非園丁也贈以白金半笏遣去乃往稱進士謁一鉅公忘其人鉅公與語奇之延致書室教其子范暮出歸輒大醉復毆其子其家不得已遣之遂椎髻野服詣某州持狀投太守翟公思求為書吏翟公視其所書絶精妙即留之時公巽參政立屏後翟公視事退公巽前問曰適道人何為者

翟公告以故公巽曰某觀其眸子非常人宜詰之乃召問所以來范悉對以實問習何經曰治易書翟公出五題試之不移時而畢文理高妙翟公父子大驚敬待之已而歸南徐寘之郡庠以錢百千畀州教授俾時賙其急闕且屬之曰無盡予之彼一日費之矣頃之翟公得教授者書云自范之留一學之士為之不寧已付百千與之去不知所之矣未幾翟公捐館於南徐忽有人以袖掩面大哭排闥徑詣繐帷閤者不能禁翟之人皆驚

公巽默念此必范寥哭而出果范也相勞苦留之宿天明則翟公几筵所陳白金器皿蕩無子遺訪范亦不見時靈幃婢僕門内外人亦甚多皆莫測其何以能攜去而人不之見也遂徑往廣西見山谷相從久之山谷下世范乃出所攜翟氏器皿盡貨之為山谷辦後事已而往依一尊宿忘其名師素知其人問曰汝來何為曰欲出家耳能斷功名之念乎曰能能斷色慾之念乎曰能如是問答者十餘反遂名之曰恪能居亡何尊宿死又往

茅山投落托道人即張懷素也有妖術吕吉甫蔡元長皆與之往來懷素每約見吉甫則於香合或茗具中見一圓藥跳擲久之旋轉於卓上漸成小人已而跳躍于地騃騃長大與人等視之則懷素也相與笑語而去卒以為常時懷素方與吴儲侔謀不軌儲侔見范愕然私謂懷素曰此怪人胡不殺之范已密知之矣一夕儲侔又與懷素謀懷素出觀星象曰未可范微聞之明日乃告之曰某有祕藏遁甲文字在金陵此去無多地願往

取之懷素許諾范既脫欲詣闕而無裹糧湯侍郎東野時為諸生范走謁之值湯不在其母與之萬錢范得錢徑走京師上變時蔡元長趙正夫當國其狀止稱右僕射而不及司空左僕射蓋范本欲併告蔡也是日趙相偶謁告蔡當筆据案問曰何故忘了司空耶范抗聲對曰草茅書生不識朝廷儀蔡怒目嘻笑曰汝不識朝廷儀即下吏捕儲侔等獄具懷素將就刑范往觀之懷素謂曰殺我者乃汝耶范笑曰此朝廷之福爾又謂刑者

曰汝能碎我腦蓋乃可殺我刑者以刃斫其腦不入以鐵椎擊之又不碎然竟不能神卒與儲侔等坐死洎第賞范曰吾不能知此湯東野教我也遂急逮湯湯惶駭不測其由既至白身為宣德郎御史臺主簿范但得供備庫副使勾當在京延祥觀後為福州兵鈐其人縱横豪俠蓋蘇秦東方朔郭解之流云

投水屈原

有士人嘗以非辜至訟庭守不直之士人憤懣大聲稱

屈守怒曰若為士乃敢爾為我屬對不能且得罪因唱曰投水屈原真是屈士人應聲曰殺人曾子又何曾守曰吾句有二屈字而汝句尾乃曾音層字汝之不學明矣顧何所逃罪邪士人笑曰此乃使君不學爾按屈姓流俗皆如字呼而屈到屈原皆九勿切使君嘗研究否守慙釋遣之

祠廟之訛

祠廟之訛甚多彭郎小姑固世所共知其最可笑者鄭

中有西門豹祠乃於神像後出一豹尾春陵有象祠乃塑一象垂鼻輪囷流俗之無知亦已甚矣

伏波崔府君廟

後漢馬文淵路博德皆嘗為伏波將軍又皆有功於嶺南海上有伏波祠古今所傳莫能定于一東坡作碑謂兩伏波均當廟食政和中因修九域圖志以雎陽雙廟為例令祀兩神蓋義理當於人心雖是時正諱東坡議論而亦不能廢也紹興乙卯董令升舍人弅為吏部郎

以嘗持節廣西乞兩廟封爵一等詔從之然不知政和未並建廟以前竟孰當此血食也磁州有崔府君廟邦人嚴奉又京師北郊亦建廟中興駐蹕臨安加封真君築祠西湖上像設尤嚴或以其神為崔子玉非也神乃唐正觀中相州滏陽令遷蒲州刺史有惠愛於滏陽後為磁州民為立祠歿因葬其地本朝景祐三年七月詔曰眷是靈祠本於外服且以惠存滏邑恩結蒲人生著令猷沒司幽府寀求世系雖史逸其傳尸祝王官而民賴

其福崔府君宜特封護國顯應公有司遣官祭告然迄莫知其名字

臨安旌忠廟

紹興初張楊郭三大將建永樂三侯廟於臨安紫垜橋之東賜額旌忠各有封爵三侯者高將軍名永能程閤使名博古景崇儀名思誼髙西州人世總蕃落邊人賴以安程河南人文簡其諸父也世業儒獨程以材武奮景普州人其大父訥有將材西人畏之永樂之役徐德

占拔一時名將以行故三侯皆被選程首與敵戰歿高
以策不用知必敗以弓弦絶脰死景入說賊被害舊廟
建於延安之膚施縣有古雍施巨濟所作記云然今臨
安新廟無復此碑而故老猶能誦其畧三侯既廟食西
邊每王師與敵戰屢施陰助諸將來東南討方臘亦著
靈異故相與作廟于臨安廟初成有匠者醉溺于庭立
死時時有三蛇出沒殿廡或行庭下大者長尺許鱗鬛
齒爪悉具通身小方勝如金色其次長八九寸又其次

稍小自首至尾其脊皆有金線身紋盡同惟次者尾稍秃天宇晴明變化數百往來游戲於庭卉芭蕉間或緣幡而上近歲乃不復出人或謂為陜西三龍王孟三侯以節死其英魂忠魄變幻飛潛無所不可東坡銘張龍公云相彼幻身何適不通地行為人天飛為龍惠於有生我則從之信哉今遷廟于豐樂橋之東北故覺苑寺基也

二相公廟乞夢

京師二相公廟世傳子游子夏也靈異甚多不勝載於
舉子問得失尤應荅如響盖至今人人能言之大觀間
先大父在太學有同舍生將赴廷試乞夢於廟夜夢一
童子傳言云二相公致意先輩將來成名在二相公上
覺而思之子游子夏夫子高弟也吾成名在其上必居
巍科無疑竊自喜暨唱名乃以雜犯得州文學大憤悶
失意私念二相之靈不宜有此沈吟終夜忽駭笑曰論
語云文學子游子夏今果居其上乎詰旦以語同舍皆

大笑曰神亦善謔如此哉

蜀僧東明寺題詩

蔡元長南遷道出長沙卒於城南五里東明寺遂草殯于寺之觀音殿後有蜀僧遊方過之慨然因題詩于壁曰三十年前鎮益州紫泥丹詔鳳池遊大鈞播物心難一六印懸腰老未休佐主不能如傳說知幾那得似留侯功名富貴今何在寂寞招提一土邱

梵志詩

山谷以茅季偉事親引梵志翻襪之句人喜道之予嘗見梵志數頌詞朴而理到今記于此其一曰欺誑得錢君莫羡得來却是輸他便來往報答甚分明只是換頭不識面又曰多置莊田廣修宅四鄰買盡猶嫌窄雕墻峻宇無歇時幾日能為宅中客又曰造作莊田猶未已堂上哭聲身已死哭人盡是分錢人口哭元來心裏喜又曰衆生頭兀兀常住無明窟心裏為欺謾口中佯念佛又曰世世無百年人强作千年調打鐵作門限鬼見拍

手笑又曰勸君休殺命背面彼生嗔喫他他喫汝循環作主人又曰他人騎大馬我獨跨驢子回顧擔柴漢心下較些子又曰家有梵志詩生死免入獄不論有益事且得耳根熟白紙書屏風客來即與讀空飯手捻鹽亦勝設酒肉

王虛中

王虛中名曰休龍舒人早為太學諸生傳注經子數十萬言然不利于場屋晚以特奏名廷試不用條對式但

如科舉荅策坐是竟不得官獨好佛著淨土文直指西方淨土慧辯了然觀者起敬或自立或勸人裒金走建安刊淨土文板踰二十副願力洪深修行尤精苦諷誦禮拜夜以繼晝館于廬陵某通守家一日謁通守謂之曰某去矣以後事累公通守愕然虛中乃着白衫詣佛堂合掌念佛頃之立化於植木矣傾城縱觀累日不能遏通守亦明眼人乃命具棺指虛中謂人曰先生平時照了諸妄坐卧自如今請先生卧即舉而入棺予舊見

建安陳應行季陸道此後訪南北山雲游諸僧欲問其歲月并通守姓名漫無知者記其大畧如此

惠歷寺輪藏

臨江軍惠歷寺初造輪藏成寺僧限得千錢則轉一匝有營婦喪夫家極貧念為轉藏以資冥福累月辛苦收拾隨聚隨費終不滿一千迫於貧乏無以自存嫁有日矣而此心眷眷不能已遂攜所聚之金號泣藏前擲金於地輪藏自轉闔寺駭異自是不復限數云

江東叢祠

江東村落間有叢祠其始巫祝附託以興妖里民信之相與營葺土木寖盛有惡少年不信一夕被酒入廟肆言詆辱巫駭愕不知所出聚謀曰吾儕為此祠勞費不貲一旦為此子所敗遠邇相傳則吾事去矣迨夜共詣少年以情告曰吾之情狀若固知之儻因成吾事當以錢十萬謝若少年喜問其故因教之曰汝質明復入廟詈辱如前凡廟中所有酒殽舉飲啖之斯須則偽為受

械祈哀之狀虔印吾事今先賂汝以其半少年許諾受金翌日果復來廟廷袒裼叫嘑極口醜詆不可聞廟傍民大驚觀者踵至少年視神像前方祭賽羅列即舉所祀酒悉飲之以至殽饌無孑遺旋俯躬如受縶者叩頭謝過忽黑血自口涌出七竅皆流即仆地死里人益神之即日喧傳傍郡祈禳者雲集廟貌繪繕極嚴巫所得不勝計越數月其黨以分財不平詣郡反告乃巫寘毒酒中殺其人捕治引伏罪坐死餘分隸諸郡靈響訖息

作賊贖罪

舊傳滕達道未遇時與諸生講學于僧舍主僧出諸生夜盜其犬而烹之事聞有司欲治其罪滕公為丐免守素聞其能賦因諭之曰如能為盜犬賦則將釋之滕公即口占其辭曰僧既無狀犬誠可偷輟藍宮之夜吠充絳帳之晨羞摶飯引來猶掉續貂之尾索綯牽去難回顧兎之頭守大笑即置不問令人相傳為口實紹興初予妻之祖強公叔章通守散為臨安録事參軍時予祖

母之弟陳公宗卿侍郎之淵為府學教授適學帑被盜
邏者夜搜溝中而所盜金在焉府學生黄其姓者立於
傍遂録送府繫之獄生自辨數然蹤跡頗疑似强公與
府司户毛季中謀曰行之則汙辱士類為學校羞矣因
引滕公作賦故事言於府乞俾之試府主張公如瑩尚
書澄許之俾詣都廳試以取傷廉為題生倉皇不成文
强公潛代為之其一聯云門人竊屨何傷孟子之賢同
舍誣金始見直生之量張公見之喜即於賦後判云黄

某盜金情狀頗著曹官試賦文理稍佳免送所司押歸本學聊從五等薄示諸生遂以付學陳公亦陰縱之以此見前輩之盛德持心皆近厚也

俚語盜智

俚語謂盜雖小人智過君子此語固可鄙笑然盜之姦詐實有出人意表者可誅也高郵民尉九疾足善走日馳數百里氣勢猛壯非得樹不能止為盜寖淫傍郡淮人皆苦之其居高郵闤闠間日則張食肆夜則為盜一

日晨起方坐肆間有道人來食湯餅食已邀尉至閒處呼為師父且拜之尉訝之曰何為者道人曰某亦有薄技然出師下遠甚聞楚州城外有一富家令願偕師行庶憑藉有所獲尉許諾使之先往道人即馳去逮夜尉張燈閉肆怒其僕執事不謹毆之僕紛拏不服乃呼邏者廂官俱繫之須翌日送郡尉密謂邏曰吾與若厚且家于此必不竄若姑縱吾歸明當復至也邏許之尉得釋即踰城馳二百里至楚城外鼕鼕方二鼓矣道人果

先在相見喜甚尉自屋窻入約道人伺于外旣入其室視所藏金珠錦綺爛然溢目即以百縑擲出道人分兩囊負之斯須尉復由屋窻出道人思天下惟尉為愈已不如殺之即拔刃斷其首隨墜地視之則紙所為也尉由他户復馳歸高郵就逮天方辨色道人負重行遲為追者所及執送楚州獄自列與尉同為盜狀州為檄高郵高郵報云是夕尉自與僕有訟方繫有司無從可為盜也道人終始墮其計卒自伏辜尉狡險萬端有術以

自將屢為穿窬官卒不能捕又有士夫調官都下所居逆旅前張茗坊與染肆相直士無事日凭茶几閲過者一日見數人往來其前數四若睥睨染肆者殊訝之一夫忽前耳語曰某輩經紀人也欲得此家所暴縑帛告官人勿言士曰此何預吾事而肯饒舌邪其人拱謝而退士私念彼所染物皆高揭于通衢之前白晝萬目共覩彼若有術可竊則真黠盜也因諦觀之但見其人時時經過或左或右漸久漸疎薄暮則皆不見士笑曰彼

妄人果給我即入房將索飯則其室虚矣

梁谿漫志卷十

梁谿漫志跋

右費君補之所著梁谿漫志十卷予頃在戊申之歲見其副於都城則知愛慕之今年春補之以書來曰吾成此書勤亦至矣欲廣其傳而力不逮子為邑之暇盍為我圖之予曰是吾心也乃命工刻之縣齋而誌其後曰夫鳳凰芝草賢愚皆知其美瑞補之之書不待予贊而傳也若自時厥後近自京邑達及遐徼家藏此書人挾此策則當自丹楊始嘉泰改元中秋晉陵施濟書

總校官候補知府臣葉佩蓀

校對官編修臣周厚轅

謄錄監生臣張見龍

圖書在版編目（CIP）數據

梁溪漫志 / (宋) 費衮撰. — 北京：中國書店，2018.8
ISBN 978-7-5149-2080-2

Ⅰ. ①梁… Ⅱ. ①費… Ⅲ. ①中國文學 – 古典文學 – 作品綜合集 – 宋代 Ⅳ. ①I214.402

中國版本圖書館CIP數據核字(2018)第084955號

四庫全書·雜家類

梁溪漫志

作　　者　宋·費衮　撰
出版發行　中國書店
地　　址　北京市西城區琉璃廠東街一一五號
郵　　編　一〇〇〇五〇
印　　刷　山東潤聲印務有限公司
開　　本　730毫米×1130毫米　1/16
印　　張　19.125
版　　次　二〇一八年八月第一版第一次印刷
書　　號　ISBN 978-7-5149-2080-2
定　　價　六八　元